AF604161
Dominazione Erotica e Sottomissione Vol. 2
Erika Sanders

Dominazione Erotica e Sottomissione Vol. 2

Erika Sanders

Serie

Collezione di dominazione erotica

Immagine di copertina: @ krivitskiy- Pixabay, 2024

Prima edizione: 2024

Sinossi

Questo volume contiene tre titoli BDSM romantici ed erotici ad alto contenuto.

Schiavo sottomesso:

Ci eravamo incontrati in chat l'altra sera.

Avevo creato una stanza con un argomento su come trovare un Dominatrix nell'area giusta e dopo alcune ore Lucy è entrata e abbiamo iniziato a parlare di ciò che ci piace e non ci piace della situazione e dell'argomento.

Ci siamo scambiati immagini ... niente di audace, inizialmente solo foto di noi in abbigliamento normale.

Lucy quindi mi chiede di inviarle un elenco dei miei limiti ... un elenco completo di ciò che non avrei fatto e che cosa avrei voluto fare ...

Susan Schiava:

Susan adorava compiacere il suo Maestro e rendeva sempre perfetto tutto tra loro.

Susan si alzò dal letto e si aggrovigliò i capelli in una spilla mentre andava in bagno.

Su un gancio appeso alla parte posteriore della porta c'erano l'abito, le calze e le scarpe che il Maestro Robert aveva scelto per lei da indossare.

Non c'erano mutande.

Susan sorrise, poi si lavò il viso, si lavò i denti e, prima di tornare nella stanza, aprì il cassetto inferiore del comò, tirò fuori le palle cinesi e si tolse le mutandine perizoma con cui aveva dormito ...

Schiavo sottomesso, Susan Schiava e **Spogliati, ti ordino** sono storie con un forte contenuto erotico BDSM e, a loro volta, appartengono anche alla raccolta Erotic Domination, una serie di romanzi ad alto contenuto BDSM.

(Tutti i personaggi hanno 18 anni o più)

Nota sull'autrice

Erika Sanders è una scrittrice di fama internazionale, tradotta in più di venti lingue, che firma i suoi scritti più erotici, lontani dalla sua solita prosa, con il suo cognome da nubile.

Indice:

DOMINAZIONE EROTICA E SOTTOMISSIONE VOL. 2
ERIKA SANDERS

SCHIAVO SOTTOMESSO

CAPITOLO I

Dove diavolo era lei?

È quello che pensava mentre sedeva a un tavolo per due nella caffetteria in una strada principale fuori città.

Avevo già preso due tazze di caffè ed era passata più di un'ora di quanto ci eravamo accordati ieri e dannazione, dovevo andare pisciare.

Non sapendo se restare o andarmene o altro, alla fine mi convinsi che mi aveva lasciato in piedi e decisi di andare a liberarmi.

Che fottuta perdita di tempo e questo è solo un altro colpo al mio ego ... è successo troppo vicino all'altra volta, avrei dovuto sospettarlo, pensavo quando mi sono alzato dal tavolo e mi sono diretto nella stanza degli uomini.

Ci eravamo incontrati in chat l'altra sera.

Avevo creato una stanza con un argomento su come trovare un Dominatrix nell'area giusta e dopo alcune ore Lucy è entrata e abbiamo iniziato a parlare di ciò che ci piace e non ci piace della situazione e dell'argomento.

Ci siamo scambiati immagini ... niente di audace, inizialmente solo foto di noi in abbigliamento normale.

Ci è piaciuto quello che abbiamo visto e abbiamo deciso di incontrarci in caffetteria stamattina presto sabato mattina ... in realtà molto presto ... alle 6:15.

Lucy mi chiede quindi di inviarle un elenco dei miei limiti ... un elenco completo di cosa non farei e cosa volessi fare.

Mi ha anche fatto inviare tutte le mie misure a lei; tutto dalla lunghezza del mio cazzo quando ero eretto alle dimensioni della mia scarpa.

Poi più tardi, mi ha chiesto di inviargli le foto del mio cazzo normalmente appeso e anche con un boner.

Aveva fatto tutto, ma maledizione, era finito qui, da solo, nel bagno della caffetteria.

Lasciai la mensa e andai alla mia macchina, che era sul retro del parcheggio dove avevo detto a Lucy che avrei parcheggiato e le avevo dato anche il mio numero di registrazione allo stesso tempo.

Quando ho aperto la portiera, il finestrino del passeggero di un SUV nero parcheggiato accanto a me ha iniziato a rotolare giù.

"Peter, vero?" disse piano una voce femminile.

Gli ho fatto sapere che ero io.

"Mi dispiace, ma dovevo assicurarmi che tu fossi la persona che davvero dicevi di essere."

Ho guardato l'autista e il mio cuore ha iniziato a battere a un ritmo fantastico.

Era Lucy ed era bellissima ... con un cappotto di pelle e stivali alti di pelle.

Il suo cappotto di pelle era sbottonato sul fondo, rivelando cosce nude e un po 'di pelle sopra di loro, ma non ero sicuro di cosa fosse esattamente il cuoio, ma serviva al suo scopo di emozionarmi.

"Dove diavolo eri? Ti ho aspettato per più di un'ora." Ho lasciato andare mentre guardavo i suoi stivali e ho sentito il mio cazzo iniziare a prestare attenzione alla situazione.

"Ora Peter, dì solo come ti senti. Se sei ancora interessato ad incontrarmi, mi seguirai a casa mia in questo momento. Una volta che saremo lì, entrerai nel garage nello spazio vicino alla mia macchina. Capisci quel ragazzo?"

Prima che potessi rispondere, la finestra si chiuse e il SUV uscì dal parcheggio e cominciò ad andarsene.

La mia erezione è morta nello stesso posto a tempo di record.

Cosa dovrei fare, cosa dovrei fare?

Maledizione.

Saltai in macchina e le corsi dietro sperando che non fosse troppo tardi.

"Dov'è lei?" Mi sono detto mentre mi avvicinavo all'uscita ... "Lì, ha girato a destra; si sta dirigendo a ovest."

Ho cercato di tenere il passo e tenerlo in vista senza accelerare, poiché questa strada era nota per i suoi radar di velocità.

L'ho vista quando è improvvisamente passata attraverso una luce ambrata costringendomi a fermarmi e guardarla scomparire.

"Cagna ... lo ha fatto apposta", non ho urlato a nessuno.

Ho aspettato che la luce diventasse verde per quella che sembrava un'eternità, poi ho iniziato il più rapidamente possibile in un modo permesso, credendo di averla persa.

"Eccola, vai avanti." Ho urlato tra me e me ... doveva essere stata catturata nel traffico o forse si era fermata.

L'ho seguita subito dopo questa fermata, e poi, poche miglia dopo, ha finalmente svoltato a destra su una strada laterale, nota per le sue case costose e le sue splendide vedute, visto che erano in riva al lago.

Stavamo guidando a una velocità molto più bassa.

Probabilmente non vorrai che i vicini notino nulla, ho pensato.

Poi svoltò a destra su una strada che alla fine aveva una casa enorme e la prima cosa che pensai fu che si fosse persa ... ma andò in garage e aprì la porta prima che io arrivassi lì.

Lasciò la macchina sul lato sinistro e io guidai al suo fianco sul lato destro.

Non appena sono entrato nel garage quando la porta ha iniziato a chiudersi, ho spento la macchina e sono uscito.

Aprì una porta della casa principale e mi fece segno di seguirla, cosa che feci, ma esitante.

Mi asciugai i piedi su una stuoia, entrai in casa e chiusi la porta dietro di me.

Poi mi voltai a guardare Lucy.

"Sai che vivi a cinque miglia da me ..."

Slap ... Slap ... Slap ... mi ha colpito duramente le guance.

"Come osi parlarmi come hai fatto? Non mi farai mai più domande, un pezzo di merda inutile come te! Mi capisci, Peter?"

Ero scioccato, non me l'aspettavo.

"Sì, credo"

Mi ha afferrato per la parte anteriore della mia camicia ... schiaffo, schiaffo ... schiaffo.

Mi ha colpito di nuovo e questa volta ho cercato di proteggermi e le ho afferrato il polso ... solo per un riflesso, ma ho capito che era una sciocchezza e l'ho rapidamente rilasciato.

"Oh merda, sono fregato", ho pensato e ho aspettato che mi dicesse di andare.

"In ginocchio ORA Peter!" disse ad alta voce mentre mi afferrava per i capelli e mi costringeva a scendere.

"Ti sei guadagnato una piccola punizione, schiavo." Lei disse.

Mi ha chiamato schiava e pensavo che lo facesse da venti minuti.

Le mie ginocchia erano unite, le mie mani erano su entrambi i lati, per stabilizzarmi e la guardavo.

Mi ha guardato e poi mi ha dato un calcio forte dove mi sono toccate le ginocchia.

"Allarga quelle ginocchia, cagna!"

Ho fatto quello che mi è stato detto.

Quindi mise la punta del piede destro sul mio cazzo e lo premette forte.

"Non dimenticarlo di nuovo, Peter. Inoltre, metti la tua fottuta testa in giù e guarda a terra. Metti le mani sulle cosce, i palmi verso l'alto, nella posizione corretta per uno schiavo."

"Hai guadagnato quindici frustate da schiavo che riceverai quando inizia la nostra sessione. Cinque sono per essere insolenti quando mi hai chiesto dove diavolo ero. Cinque sono per aver risposto in modo errato non parlando in modo rispettoso con me e non chiamandomi Padrona o Ama Lucy. Lo farai sempre. quando non sei in pubblico, cioè in macchina o in una casa ... qui o in una stanza privata. Cinque sono per toccarmi senza approvazione quando mi hai afferrato il polso. Se lo fai di nuovo, verrai punito di più oltre i tuoi limiti, dal momento che devo proteggermi. Capisci perché vieni punito, Peter? "

Ho guardato il suo viso nel miglior modo possibile e ho detto:

"Si, capisco".

Mi afferrò per i capelli e mi guardò negli occhi.

"Saranno altre cinque frustate per avermi disobbedito guardando in alto e mostrando mancanza di rispetto per non essermi riferito a me come Padrona. Mi capisci, Peter?"

Abbassando gli occhi e la testa il meglio che potevo, anche se mi teneva ancora per i capelli, dissi:

"Sì, padrona Lucy, ho capito."

"Ieri abbiamo discusso del fatto che sei diventato il mio penitente e il mio schiavo del sesso e che avevi bisogno di formazione. È corretto Peter?"

"Sì, signora, è corretto."

"Hai dichiarato che i tuoi limiti non erano adolescenti o minori, o sangue, o spille, o aghi o segni permanenti. È corretto, Peter?"

"Sì, signora, è corretto."

"Ti sei pulito questa mattina con il metodo del clistere rapido di cui abbiamo discusso?"

"Sì, signora Lucy, l'ho fatto esattamente come lei mi ha detto."

"Sei ancora interessato a diventare il mio pianto e il mio schiavo sessuale Peter?

"Sì signora, più che mai."

Poi mi lasciò andare i capelli mentre guardavo il pavimento.

Mi sento come se fossi appena saltato in fondo alla piscina e non avessi imparato a nuotare.

"Bene, vediamo se riesci ad allenarti. Alzati e svuota tutte le tasche, togli l'orologio e gli anelli e metti tutto sul tavolino!" che lei ha sottolineato. "Quindi togliti le scarpe e mettile sul pavimento vicino al tavolo."

Ho fatto tutto quello che mi ha detto il più velocemente possibile e dato che era la mia prima occasione, mi sono guardato intorno.

Era nella sala principale, non lontano dalle scale che conducevano al seminterrato.

Ho guardato il Dominatrix senza guardarmi negli occhi e ho visto che era ancora nel suo cappotto di pelle e stivali.

Dio, è persino più bella della foto che mi ha inviato.

Brevi capelli biondi scuri con la frangetta sugli occhi, non vedo l'ora di scoprire com'è pensata il resto di lei.

"Ora Peter, ti toglierai tutti i vestiti per un controllo; mani dietro la testa, la testa in giù e le gambe divaricate. ORA, maledetta cagna, non domani!"

Mi spogliai il più velocemente possibile e rimasi nudo per ispezionarmi.

Mentre guardavo in basso, ho visto il mio cazzo iniziare a crescere in previsione che i miei sogni si sarebbero avverati.

Dio, come vorrei che mi facesse correre ora, ho pensato.

"Quando ho detto che volevo che le tue gambe fossero divaricate, volevo dire. Ora allarga le gambe. PIÙ AMPIO! Idiota, idiota. E puoi dimenticare di avere un orgasmo in qualsiasi momento nel prossimo futuro schiavo. I Sarò l'unico a determinare quando ne avrai uno. "

"Mi dispiace, signora ... sì, signora," sbottai e guardai il mio cazzo duro.

Poi si tolse i vestiti e mi circondò lentamente.

Prima mi pizzicò un capezzolo e poi mi pizzicò la testa del pene, stringendolo forte mentre gemeva a denti stretti.

Rise mentre mi metteva alla prova più volte.

"Ora, schiavo Peter, raccoglierai tutti i tuoi vestiti e scenderai nel seminterrato. Apri la prima porta a destra, entra e chiudi la porta. Non accendere alcuna luce ... Lì, al centro della stanza, troverai una borsa sportiva con le istruzioni su di esso. Vai direttamente alla borsa, leggi le istruzioni e seguile esattamente. Hai venti minuti per completare questo compito e guarderò ogni tuo movimento con la macchina fotografica. Capisci Peter? "

"Sì, signora Lucy, ho capito."

"Allora vai, ragazzo, hai già usato 20 secondi."

Il più velocemente possibile, presi i miei vestiti, corsi di sotto, aprii la prima porta a destra, entrai e la richiusi dietro di me.

"In che diavolo mi sono messo, sono davvero fregato."

Sì, sono decisamente saltato in un abisso profondo.

CAPITOLO II

Non avrei dovuto andare così in fretta, pensai tra me, assicurandomi che la porta fosse chiusa.

Appoggiando la testa alla porta, chiusi gli occhi e mi chiesi se stesse davvero accadendo.

Un professionista di 40 anni come me, divorziato, stava finalmente realizzando la sua fantasia.

Mi aveva fatto conoscere un mondo completamente nuovo.

Lì, al centro della stanza, con un singolo faretto che brillava sul soffitto, c'era un tappetino nero con una borsa sportiva in cima, una borsa Nike in realtà.

Mi avvicinai rapidamente a lei e sentii la freddezza del pavimento di cemento ai miei piedi.

Forse era nella sua prigione.

Nella parte superiore della borsa c'era un pezzo di carta piegato con sopra un messaggio con scritto "Slave Peter", ma come avevo fatto a sapere che sarei stato qui?

Ho preso la nota e ho iniziato a leggerlo.

Slave Peter

Puta, in questo momento ti inginocchierai per leggere questa nota.

Segui esattamente le istruzioni e sii veloce mentre il tempo sta per scadere. "

Mi inginocchiai rapidamente e mi guardai attorno mentre lo facevo, ma non c'era luce nel resto della stanza; solo la luce che brilla su di me mentre leggo la nota.

1. Impilare con cura i vestiti accanto alla borsa.
2. Estrarre ogni oggetto dalla borsa e riporvi i vestiti.
3. Indossa la collana, assicurati che sia stretta, quindi bloccala.

4. Indossare l'imbracatura e fissare tutte le fibbie e l'anello martello. Tutti dovrebbero essere stretti.

5. Afferrare i polsini della caviglia e del polso e fissarli con un lucchetto. Ognuno è contrassegnato su dove dovrebbe andare e dovrebbe stringere.

6. Blocca i polsini alla caviglia insieme a catena da 6 pollici e lucchetti.

7. Fibbia sul morsetto. È un bavaglio a larghezza aperta e deve essere molto stretto.

8. Controlla l'area e metti tutto ciò che non è stato usato all'interno della borsa.

9. Indossa la benda e fissala bene!

10. Bloccare insieme i polsini.

11. Prendere la posizione slave e attendere.

Mentre leggevo il messaggio, mi sono inginocchiato mentre cercavo di individuare ogni oggetto nella borsa e, infine, frustrato dal tentativo di individuarli, ho semplicemente gettato la borsa davanti a me.

Quando ho visto tutto, ho davvero creduto che sarebbero venuti altri perché tutto ciò non poteva essere solo per me.

All'improvviso, da un oratore direttamente sopra di me, la sua voce venne, forte, profonda e pesante.

"HAI LASCIATO 15 MINUTI A SINISTRA."

Quel promemoria ha attivato una modalità di panico dentro di me e ho rapidamente raccolto i miei vestiti, li ho gettati nella borsa e li ho chiusi.

Quindi ho raschiato l'intera pila di cinturini in pelle fino a quando non ho trovato la collana.

Dannazione, è una collana di punizione.

Guardai lo spesso colletto nero alto quattro pollici e mi chiesi come avrei potuto indossarlo, finché non notai che c'era un piccolo lucchetto aperto che passava attraverso un foro nel perno extra largo della fibbia.

Ora ho capito come dovrebbe essere usato e rimosso il lucchetto.

Sollevando la testa, l'ho posizionato intorno al collo in modo che l'apertura fosse sul retro e un anello a D sul davanti e lo fissavo in una posizione comoda.

Quindi ho inserito il lucchetto nel foro del perno e l'ho chiuso.

Ecco, quella dannata cosa è a posto, ho pensato.

Qual è il prossimo?

Fortunatamente, avevo trascorso del tempo a fare ricerche sul tema dei giocattoli di dominazione e avevo visto varie imbracature nelle pubblicità online, quindi ero in grado di individuarlo rapidamente e, dopo averlo trattenuto per un momento, ho deciso che si trattava di un'imbracatura per il busto.

Il più velocemente possibile, ho determinato il davanti da dietro, l'ho gettato intorno a me in modo che gli anelli principali fossero sul retro e la maggior parte delle fibbie di regolazione fossero sul davanti.

Fortunatamente, le due cinghie che circondavano ogni lato del mio collo erano allentate e questo aiutò a posizionare la parte anteriore da dietro, insieme al fatto che anche l'anello del gallo era appeso nella parte anteriore.

Queste due cinghie sono state trovate in un anello nella parte anteriore e posteriore a un livello appena sotto il mio seno.

Da questo, una singola cinghia ha portato a un altro anello ad un livello nella parte superiore dei miei fianchi e da questo anello nella parte anteriore, un'altra cinghia ha tenuto l'anello del rubinetto con la cinghia attaccata sotto.

Entrambi gli anelli, anteriore e posteriore, tenevano insieme le cinghie per collegare i lati da davanti a dietro.

Dopo alcuni secondi di rotazione, ho deciso di collegare le cinghie laterali dell'anello sotto il seno e le ho allacciate fino a quando non erano strette, ma non troppo strette.

Poi ho ripetuto la stessa cosa con le cinghie laterali sui fianchi.

Questo stava iniziando a essere difficile poiché questa cintura al collo teneva la testa alta e non riuscivo a vedere bene cosa stavo facendo.

L'anello del pene era vicino e sapeva che avrebbe dovuto essere fatto semplicemente sentendolo senza riuscire a guardare.

Dio, vorrei aver esagerato le mie misurazioni di cazzo quando Lucy le ha richieste.

Ora non si blocca così bene e non mi aspettavo che ci fosse un problema fino a quando non sono stato in grado di tenere l'anello del cazzo in modo da poterlo vedere.

Accidenti, è minuscolo!

Come posso ottenere le mie parti lì?

L'ho fatto una palla alla volta e sono stato fortunato che il mio cazzo fosse allentato in quel momento e sono stato in grado di spremere l'albero attraverso lo spazio rimanente.

Un po 'di lubrificante avrebbe aiutato, ma non c'era nessuno.

Ho stretto la cinghia dell'anello del gallo all'anello dell'anca e poi ho preso la cinghia rimanente dell'anello del gallo, posizionandola tra le mie gambe e la parte posteriore dell'anca sulla mia schiena e poi, con le braccia dietro di me, il Ho abbottonato il meglio che potevo.

Non appena l'ho fatto, ho iniziato a ricevere un osso con il risultato che il dolore alla base del mio cazzo e delle palle era sorprendentemente fantastico.

Quindi ho stretto ogni cinturino e ho ripetuto il processo più e più volte fino a quando ho sentito che erano strette quanto necessario.

L'intero processo ha mantenuto il mio cazzo eretto fino al momento in cui è stato completato.

La voce di Lucy risuonò di nuovo dall'altoparlante sul soffitto e sembrò più dominante di prima.

"SLAVE, AVETE 5 MINUTI A SINISTRA".

"No, non è possibile, signora. Non può essere." Ho protestato.

"AVETE 5 MINUTI. SBRIGATI."

Il più velocemente possibile, mi sono tirato dentro e ho chiuso polsi e caviglie, indicando dove ognuno dovrebbe andare.

Quindi ho trovato la catena e l'ho posizionata sui polsini della caviglia con lucchetti attaccati agli anelli a D su ciascun bracciale.

Tutto ciò non è stato facile poiché la dannata collana di punizione mi ha limitato la vista.

Quindi il bavaglio!

Era di cuoio spesso e aveva una grande apertura per il passaggio di labbra e denti.

Quando l'ho provato per la prima volta, ho pensato che ci doveva essere un errore perché non riuscivo a mettere la bocca sull'anello sporgente al primo tentativo.

Ho provato di nuovo e ho bloccato i denti sul ring, ma era dolorosamente a disagio.

L'ho stretto stretto per assicurarmi che non si staccasse.

Dio, il buco era abbastanza grande per un buon membro, ma sperava di non riceverlo mai. Perché non l'ho inserito nell'elenco dei miei limiti?

Dopo aver trovato la benda, ho raccolto tutto, l'ho messo nella borsa e l'ho chiuso.

Ho fissato la benda e proprio mentre la stavo fissando, l'altoparlante a soffitto è diventato vivo.

"IL TUO TEMPO È SCADUTO. ORA SEI IL MIO SLAVE."

Oh merda, ho dimenticato la serratura sui miei polsi, ho urlato al bavaglio.

Disperatamente, ho trovato la borsa, l'ho aperta e dopo quella che sembrava un'eternità, ho trovato un lucchetto aperto.

Rapidamente, ma con difficoltà e mi ci sono voluti 2 o più minuti, sono stato in grado di legarmi le manette dietro la schiena.

Poi mi sono inginocchiato in totale sottomissione, con le ginocchia divaricate.

Oh no! Non ho chiuso la borsa.

Mi sono inginocchiato lì per quello che sembrava essere il periodo più lungo del mondo mentre ascoltavo l'apertura e la chiusura della porta.

Non c'era un suono; non disse niente.

Gli stivali scattarono sul pavimento e io sapevo dal movimento dell'aria sul mio corpo e dall'odore del suo profumo che era nelle vicinanze.

Dio aveva un odore fantastico.

Erano passati anni da quando avevo una donna così vicina a me.

Potevo sentire la pelle dei suoi stivali, pensavo e immaginavo che stesse ispezionando la borsa.

Sentivo l'odore della pelle che indossavo e ho iniziato ad eccitarmi quando mi sono inginocchiato per sottomissione.

Plop!

"Agrrrrrrrrrr", gemetti dopo essere stato preso a calci nelle mie palle che faceva più male di qualsiasi altro dolore che avessi mai ricevuto in vita mia.

L'inaspettato dolore ha costretto le mie ginocchia a chiudersi insieme.

"Mi hai disobbedito, pezzo di merda inutile. Metti via quelle ginocchia ADESSO!"

Lentamente ho obbedito e ho separato le ginocchia aspettandomi un altro colpo, ma non è successo nulla.

Mormorai nell'indifferenza un indistinguibile "Mi dispiace, Padrona."

"Mi deludi, Peter. Hai fallito il tuo primo incarico e, di conseguenza, non sarai sculacciato fino alla festa di stasera e triplicheranno."

Festa? Di che diavolo sta parlando?

Improvvisamente ho pensato e Lucy deve aver sentito la mia preoccupazione per alcuni movimenti del mio corpo.

"Stasera inviterò alcuni dei miei amici. Vuoi partecipare come mio schiavo, Peter? Sarai l'attrazione principale; in realtà, stasera, sarai l'unica attrazione. Beh, sei interessato?"

Stava cercando di assorbire tutte queste nuove informazioni quando ... schiaffeggiato ... la sua mano si posò sulla mia guancia sinistra.

Accidenti, fa male.

"Ti ho fatto una domanda, Peter. Sei interessato? In caso contrario, il suo servizio termina adesso!"

Nel miglior modo possibile, ho scosso la testa per indicare che ero interessato e mormoravo nel bavaglio:

"Per favore, fammi partecipare alla tua festa, ama Lucy."

"Molto bene Peter, ti sarà permesso di andare a casa e prepararti per la festa, ma prima abbiamo alcune cose di cui occuparci qui e ora. Non hai seguito molto bene le istruzioni, vero? Non hai lasciato nessun giocattolo per la nostra sessione, la tua collana è a piede libero e sono eccitato come l'inferno. Puttana molto brutta perché ho intenzione di essere troppo dura con te stasera per questo. "

Poi mi afferrò per i capelli e riportò la mia testa al punto in cui potevo immaginare che stesse guardando il mio viso imbavagliato e bendato.

"Tra pochi minuti, mia cagna, non sarai più così disobbediente", disse con una voce profonda e dominante.

Sapevo cosa intendeva dire e mi sono inginocchiato lì in silenzio dopo aver rilasciato la mia testa.

"In primo luogo, devo insegnarti a rispettare e obbedire sempre alla tua padrona."

Il suono dei suoi stivali indicava che si era allontanato e presto sentii qualcosa trascinato nella mia direzione.

Poi l'ho sentita accanto a me e ho anche sentito che qualcosa era posto di fronte a me.

La sua mano era sulla parte posteriore della mia testa e aprì la cerniera della benda che lentamente decollò e io sbattei le palpebre diverse volte adattandomi alla luce.

Davanti a me c'era il lato di una panca di legno nera che avrebbe dovuto essere lunga quattro piedi con una tomaia in pelle trapuntata nera larga circa due piedi

Ora la stanza era completamente illuminata e quando mi sono guardato intorno ho notato tutta la pelletteria e le fruste appese alle pareti e tutte le catene e le corde che pendevano dal soffitto.

Quando ho girato la testa più a destra, ERA SHE.

Oh merda, è così bella, ho pensato.

Indossava ancora gli stivali di pelle nera, ma indossava solo un piccolo corsetto di pelle nera che copriva l'area dai fianchi fino a poco sotto il seno e un paio di guanti di pelle nera.

Ho subito iniziato a indurire.

"Alzati, schiavo, appoggiati alla panchina", ordinò.

Onestamente, ho provato ad alzarmi, ma ero rigido da tutto il tempo in ginocchio e la catena del freno sulle caviglie ha reso impossibile.

Non importa quanto ci provasse, cadeva sempre in ginocchio o da una parte o dall'altra.

"Oh cazzo," urlò e sapevo che era arrabbiata con l'espressione sul suo viso e il tono della sua voce.

All'improvviso, sembrò saltare e afferrò l'anello sul davanti del mio collo.

Dannazione, mi ha fatto male, ho pensato tra me e me mentre mi alzavo di scatto, mi mettevo in panchina e mi calciavo le caviglie mentre lo facevo.

Quando gemetti, tutto ciò che disse fu:

"Abituati, ragazzo! Stasera andrà peggio."

Dopo essere stato gettato sulla panca, mi legò con una fune dall'anello sul mio collo a un occhiello nella parte inferiore della panca, in modo che dalla testa alle mie spalle mi sporgessi sulla panca.

Con la coda dell'occhio destro, ho potuto vedere la mia padrona prendere un cinturino di cuoio che era stato appeso al muro con molte altre cinghie.

Era largo forse tre pollici e non molto spesso, ed era grato che non fosse ancora la corda del barbiere appesa al muro.

Slap ... slap ... slap.

Stava gettando la cinghia contro i miei glutei per quello che sembrava per sempre.

Quando provai a muovermi per sfuggire all'ormeggio, mi tenne tra i polsi con i polsi e sollevò le braccia per fermare il mio movimento.

Alla fine finì e la sua mano mi accarezzò le natiche mentre si chinava e mi leccava la spalla.

"Devi sempre obbedirmi, Peter. Capisci?"

Borbottai un AMA Sì nel mio bavaglio mentre mi spostavo nella borsa sportiva sul pavimento.

Quindi, guardandolo attraverso e pensando che stesse guardando, tirò fuori una cintura di pelle che aveva un dildo nero.

L'ho osservata mentre la stringeva rapidamente intorno alla vita e tra le gambe fino a quando non si sentiva al sicuro e nel posto giusto.

Poi camminò lentamente da una parte all'altra assicurandosi che potessi vedere cosa sarebbe successo e si fermò davanti a me.

Sollevando la testa tra i capelli, mi portò il dildo nel mio bavaglio.

"Schiavo, ho scelto il più piccolo dildo con cui devo fotterti. Spero che apprezzi il mio gesto. ORA, succhialo in modo che sia ben preparato e bagnato. Userò anche un lubrificante per goderti questo momento. I nostri primi insieme."

Mentre lentamente inseriva il dildo nel buco del bavaglio, ho cercato di tenerlo nella mia lingua il meglio che potevo e poi l'ho cerchiato per inumidirlo.

Succhiarlo era fuori discussione, ma sapeva che sarebbe stato un requisito in futuro; forse anche stanotte.

La signora poi mi tolse il giocattolo dalla bocca e si alzò in piedi, dove mi aprì la catena sulle caviglie e allargò le gambe fino a quando pensai che mi sarei diviso in due.

Poi ho sentito le sue mani guantate disfare la cinghia che correva tra le mie gambe.

Mi ha diviso le natiche mentre entrava lentamente nel mio territorio inesplorato.

"Oh sì," urlò ripetutamente mentre si spingeva verso di me e poi iniziò a scoparmi seriamente ora con una mano su ciascuno dei miei fianchi.

Non ci avevo mai prestato attenzione prima, ma ora mi sono reso conto che il mio cazzo era duro e che si stava sfregando contro la panca mentre il mio amante mi scopava.

Ha anche notato la mia crescita e una mano è andata al mio cazzo stringendolo forte.

"Oh, piccolo giocattolo. Stasera piacerà a tutti noi, ma ricorda che se vieni, dovrai leccarlo. Oh, sì, cagna, dannazione, oh, molto bene."

Poi, dopo pochi minuti, si è ritirato da me e mi ha tenuto sulle spalle mentre mi poggiava la testa sulla schiena.

Il suo respiro era molto veloce e sapeva che era felice.

"Sei mio Peter, tutto mio, non lasciarmi mai. Ti ho cercato per tutta la vita."

Dopo avermi sciolto, mi sono inginocchiato davanti a lei e l'ho vista sbloccare ed eliminare tutto ciò che aveva portato come schiava.

Quando ero completamente nudo, ho assunto la posizione di schiavo e l'ho osservata mentre andava in un altro gabinetto e tirava fuori una borsa di velluto nero.

È tornata e si è messa di fronte a me.

"Peter, questa borsa contiene tutto ciò che dovresti indossare stasera. Non dovresti indossare nient'altro dal momento in cui esci di casa e la tua auto sarà perquisita per assicurarti di obbedire. Puoi anche essere seguito da uno dei miei amici. Da la tua casa alla festa, ma non lo saprai mai, quindi devi essere avvisato. Non devi aprire la borsa fino alle 17:00 e devi entrare nel garage esattamente alle 18:00, guarda avanti e aspetta lì fino Qualcuno viene per te. Ora ti vestirai, andrai a casa, riposerai, mangerai un pasto leggero e pulirai il tuo corpo prima di vestirti per la festa. Oh, e un'altra cosa, non ti raderai solo il viso, ma anche il resto del tuo corpo. Sono ammessi solo i capelli sulla parte superiore della testa, le sopracciglia e le ciglia. Capisci cosa è richiesto a te mio schiavo o devo ripeterlo? "

"Capisco la signora Lucy."

"Molto bene Peter. Adesso alzati."

Ho obbedito e all'improvviso mi è stata vicina.

Potevo sentire quei seni fantastici sul mio petto; il suo calore era affascinante e il suo gesto era totalmente inaspettato.

Mise delicatamente una mano dietro la mia testa e la portò alla sua fino a quando le nostre labbra si incontrarono e poi si separarono mentre le nostre lingue duellavano e ci tenevamo l'un l'altro mentre i nostri corpi cercavano di diventare una cosa sola.

Mentre si allontanava, notò il mio cazzo all'attenzione e sorrise.

"Oh Peter, solo un'altra cosa. Non giocare mai con te stesso senza permesso! Ora vai e preparati per la festa."

CAPITOLO III

Ho ricontrollato l'orologio per quella che sembrava la milionesima volta nell'ultima ora e finalmente ho pensato che fosse quasi ora di aprire la borsa.

Tutto era stato fatto come ordinato da Lucy.

Era solo un breve tragitto di cinque miglia da casa sua alla mia, il che è stato sorprendente poiché non ci eravamo mai incontrati prima.

Era stato il nostro primo incontro nella vita reale che era andato molto più lontano di quanto mi aspettassi e sapevo che ero innamorato di lei e che mi avrebbe lasciato fare tutto ciò che volevo.

Dio, ero eccitato, ma ero seduto lì e cercavo di obbedire al suo ordine di non giocare con me senza il suo permesso.

Normalmente, dopo la mattinata che era appena passata, la mia mano destra avrebbe giocato con tutto, ma non sarebbe stato ora.

Lì, finalmente, erano le cinque del pomeriggio e slegai il cordoncino sopra la borsa di velluto nero che la signora mi aveva regalato.

Il mio battito cardiaco sembrò raddoppiare in previsione di ciò che dovevo trovare e chiusi gli occhi mentre allungavo la mano nella borsa.

Sentii la freddezza del metallo e il calore della pelle e della gomma mentre la mia mano afferrava tutto nella borsa e lo lanciava sul letto.

Lì, a letto, c'era tutto ciò che avrei dovuto indossare quella notte, composto da un colletto, una piccola imbracatura e un tubo di lubrificante con un tappo di testa.

Grazie a Dio era piccolo, pensavo quando l'ho visto.

Immediatamente, ho iniziato a vestirmi prendendo prima la collana e determinando come pensavo che dovesse essere indossata.

Era simile a quello che era stato all'inizio del giorno, tranne che era alto solo due pollici e aveva tre anelli a D attaccati: uno davanti e uno su ciascun lato.

Avevo un lucchetto aperto attaccato e, sapendo come funzionava, l'ho messo subito e l'ho fissato il più strettamente possibile senza strangolarmi, quindi ho legato e chiuso il lucchetto mentre guardavo allo specchio per non commettere errori.

Poi ho guardato il cablaggio in varie posizioni e alla fine l'ho scoperto.

Terrei sia il tappo di testa in posizione, sia le mie privazioni, dal momento che quel dannatamente piccolo anello del rubinetto era di nuovo lì.

Mi misi di fronte allo specchio nella mia stanza e notai che da quando mi ero rasato tutti i peli pubici, il mio cazzo era due volte più grande, anche quando ero appeso lì inerte.

Misi un sorriso sul mio viso e speravo che anche la mia padrona fosse felice quando mi vide di nuovo.

L'imbracatura era simile all'imbracatura che aveva indossato all'inizio della giornata.

Doveva essere indossato a livello dell'anca e aveva due cinturini pieghevoli su ciascun lato collegati a un anello di metallo nella parte anteriore e posteriore.

Ho allacciato saldamente queste cinghie e poi sono andato alla parte difficile spingendo prima le mie palle e poi il mio cazzo attraverso quel dannato anello che sapevo che Lucy aveva messo troppo piccolo.

Quando li ho infilati nell'anello, mi sono guardato di nuovo allo specchio e ho pensato a quanto fosse bello.

Dovrebbe essere il successo della festa.

Le mie ginocchia hanno iniziato a tremare un po 'quando ho pensato a cosa fare dopo, dato che sarebbe stata la prima volta che avrei indossato un tappo di testa.

Ho preso il lubrificante e ne ho messo una quantità sufficiente sull'estremità che ho immediatamente strofinato nel foro del mio culo e alla sua apertura iniziale.

Quindi ho messo più lubrificante possibile sulla spina e ho allargato le gambe, mi sono accovacciato un po 'e l'ho messo lentamente sul sedere.

La spina aveva una base piatta che gli impediva di succhiarmi completamente e il lubrificante in eccesso trasudava intorno.

È andato più facile di quanto pensassi e ho afferrato un fazzoletto di carta e asciugato il lubrificante in eccesso prima di staccare la cinghia dell'imbracatura dall'anello del pene tra le mie gambe e allacciarla all'anello posteriore.

L'imbracatura aveva una borsa per il tappo di testa, ma dato che l'avevo notato troppo tardi, l'ho lasciato avvolgere attorno al culo e speravo che mi avrebbe stretto il sedere.

Ho controllato l'ora e mi sono reso conto che era ora di andare e fu allora che mi resi conto che avrei guidato quasi nudo e mi dissi di non infrangere le regole del traffico o che avrei dovuto dare qualche spiegazione.

Speravo che nessuno mi passasse o si fermasse al mio fianco.

Il mio garage aveva l'ingresso diretto da casa mia e con l'apriporta automatico del garage, mi sentivo a mio agio che i miei vicini non notavano nulla di insolito.

Grazie al cielo per le finestre colorate.

Ho messo un asciugamano sul sedile del conducente e il mio portafoglio e la mia licenza erano già nel vano portaoggetti quando ho controllato la lista di controllo nella mia mente.

Vorrei che fosse inverno e tutto fosse buio, ma era una calda giornata estiva e l'oscurità non sarebbe ancora arrivata per 3 ore.

Poi mi sono allontanato da casa dopo essermi assicurato che il garage fosse chiuso.

Cosa diavolo sto facendo, sono passate solo poche ore dal nostro primo incontro, pensai mentre tornavo lentamente a casa a guardare il traffico e sentirlo che si connetteva dentro di me.

Ho controllato continuamente lo specchietto retrovisore per la polizia e chiunque altro mi seguisse.

Non c'era polizia in vista, ma sembrava che ci fosse una piccola macchina sportiva nera che mi seguiva da lontano, ma non ne ero assolutamente sicuro.

Ah, l'ho fatto!

Non ho urlato a nessuno, ma quasi, quando sono entrato nel vialetto e sono andato in garage.

Quando sono entrato nel garage, mi sono reso conto che avevo quasi cinque minuti per andare e, non sapendo cosa fare, mi sono fermato dove avrei dovuto e ho spento il motore.

Mi sono seduto lì a pensare e convincermi che tutto andava bene.

Mi tolsi l'orologio e lo misi sul sedile accanto a me.

La porta del garage si chiuse dietro di me e il mio cuore cominciò a battere più forte insieme all'indurimento del mio cazzo.

Poi mi sono seduto nel calore delle mie mani sulle cosce in attesa di quello che sembrava per sempre.

Sentii aprirsi la porta della casa e, guardando l'orologio sul sedile, vidi che erano passati cinque minuti.

Dev'essere stata l'eccitazione perché mi voltai per vedere una donna che entrava dalla porta e si dirigeva verso di me.

Aveva le dimensioni di un'Amazzonia, ma non era grassa, era solo grossa, circa la mia altezza, pensavo, molto attraenti, i capelli castani raccolti in una pila sopra la sua testa come una coda di cavallo sfocata fuori posto.

E la cagna aveva il più grande set di tette che avesse mai visto.

Aspetta un secondo, ho pensato.

L'ho visto prima.

Lavora al negozio di liquori.

La guardai mentre si avvicinava alla porta e la aprì di riflesso per salutarla.

"Porta la tua fottuta mano fuori dalla porta e guarda dritto. Sei uno schiavo! Siediti e obbedisci." Lei ha ordinato.

Ho immediatamente tolto la mano dalla porta e mi sono seduto lì cercando di rivedere quello che è appena successo.

Deve essere un'amante.

Deve essere obbedita, ho pensato.

La porta si aprì completamente e guardai a sinistra senza muovere la testa e mi ritrovai a guardare una bella serie di cosce.

La sua figa con la barba lunga era coperta da un panno rosso delle dimensioni di un quarto di una sciarpa facciale e pendeva da una sottile stringa dorata sui fianchi.

Indossava una collana di cuoio intorno al collo che era alta meno di un pollice e diceva Slave con lettere d'oro.

"Ti piace quello che vedi nel culo? Ti ho detto di guardare dritto."

"Sì signora. Scusa signora." Ho risposto.

Schiaffo ...

Mi ha ammanettato sul lato della testa con la mano destra.

"Non sono una signora, ma devi obbedirmi fino a quando non faccio i compiti. Puoi chiamarmi Cindy o Cindy schiavo. Capisci?" lei chiese.

"Sì, schiavo Cindy. Ti capisco puttana!"

"Oh, lo schiavo è impazzito," ridacchiò, aggiungendo, "Non riderai tra poco, ragazzo. Hai già servito a una festa?"

"No, questo è il mio primo giorno con Lucy." ho risposto

Schiaffi ... questa volta la sua mano è atterrata sulla mia bocca.

"Non era niente in confronto a quello che verrà. Verrà chiamata solo signora Lucy a meno che non sia in pubblico. Capisci?"

"Sì, schiavo Cindy." Risposi e annuii per indicarlo.

Poi ha afferrato l'anello a D sul lato sinistro del mio collo e ha mostrato la sua forza, rapidamente e bruscamente tirandomi fuori dalla mia auto e tenendo l'anello a livello della vita quando ha chiuso la porta.

Avevo dimenticato la spina sul mio sedere, che ha iniziato a farmi un po 'male, e ho emesso un gemito per indicarlo, il che le ha solo fatto sussultare il collo come un modo per dirmi di lasciarlo cadere.

Mentre la sfioravo, sentii la sua morbidezza, annusai il suo profumo e per un secondo pensai di saltarle addosso, ma un tiro sul mio collo lasciò cadere quei pensieri dalla mia mente.

Sul retro del garage c'era una porta che mi apriva e mi conduceva.

Entrammo in quello che sembrava un ripostiglio con falciatrici da giardino e cose del genere da un lato e una palestra casalinga dall'altro.

C'era una finestra che dava su un giardino molto grande, bello e privato, che avrei scoperto a breve, che comprendeva l'intera parte posteriore della casa e della proprietà.

Era estremamente privato e si affacciava sul lago dal suo patio, che era a una trentina di metri sopra la costa.

Non ci sarebbe un vicino in lontananza che potesse sentire qualcosa.

"Abbassati e metti le mani sulla panca", ordinò, e poi ordinò di nuovo, "allarga le gambe a un metro di distanza."

Una catena da panca corta con un moschettone è stata attaccata al colletto per ricordare che non dovevo muovermi.

Cindy poi ha separato le mie gambe e ha slacciato la parte posteriore dell'imbracatura per darle accesso al tappo di testa.

"Ti ho visto al negozio di liquori nel centro commerciale", dissi.

Slap ... slap ... slap.

Cindy mi mise forte la mano sul culo.

"Idiota, le nostre vite private sono le nostre vite private e non dovrebbero mai essere discusse in nessun incontro con nessun Amante o in nessun incontro del Pain Pleasure Group. Capisci questo, Peter?"

"Sì, Cindy, ho capito. È il gruppo stasera, Piacere del dolore?"

"Questo è quello che si chiama, piacere del dolore, e non dovresti mai prenderne atto o menzionarlo nella tua vita privata."

Improvvisamente ... "Aggggggggggg" gemetti mentre estraevo la spina senza preavviso.

"I neofiti non hanno mai capito bene", ha detto mentre teneva il cappello davanti alla mia faccia. "Dovrebbe andare prima nella borsa dell'imbracatura e poi nel tuo ano. In questo modo."

"Agggggggg" ... dannazione ... lo ha speronato apposta, ho pensato.

Dopo aver allacciato di nuovo l'imbracatura, il più bruscamente possibile, lo schiavo Cindy liberò la catena dalla mia collana e mi sollevò.

Guardando l'orologio, disse:

"Stiamo esaurendo il tempo a causa della tua stupidità. Prendi due pesi da venti libbre e fai flessioni finché non ti dico di smettere."

"Ehi," ho risposto, dal momento che non l'ho capito affatto.

"Coglione, dovrei fare tutto per te?"

Poi andò a uno scaffale, che si trovava sotto la finestra, e tirò fuori due pesi da venti libbre come se fossero piume e fece alcuni flessioni per me.

Potevo sentire il mio viso arrossato dalla stupidità dei miei commenti.

Una volta che mi aveva dato i pesi, ho immediatamente iniziato a fare i piegamenti accurati, ma mi chiedevo perché lo stesse facendo.

"Perché diavolo sto sollevando pesi? Pensavo di essere qui per una festa?" Dissi a Cindy mentre si allontanava da dove mi trovavo.

Che bel culo che ha.

Potrebbe essere un po 'cicciottella, ma scommetto che è una paffuta fantastica, ho pensato.

Si fermò e si voltò a guardarmi e disse:

"Sei stupido o cosa? La tua padrona vuole presentare il suo nuovo schiavo stasera e aspettarsi che il suo schiavo abbia un corpo perfettamente tonico. Faresti meglio a fare un bello spettacolo stasera,

Peter o non gli sarà garantita la piena appartenenza al Gruppo Capito? E smettila di guardarmi! Sono schiavo anche della signora Lucy. "

Accidenti, un'altra cagna sottomessa, ho pensato.

Mentre continuavo a lavorare sul mio corpo, cercando di riportare in vita addominali e pettorali, Cindy tirò fuori un grande telo blu da un armadio e lo collocò al centro della stanza, sul pavimento, proprio di fronte a una porta del garage. al cortile.

Si occupò di mettere due bottiglie davanti alla tela, poi una tonnellata di corda su ciascun lato, e poi dall'altra parte della stanza, sollevò dal pavimento quello che sembrava un grosso pezzo di legno e lo posò sul pavimento.

Il retro della tela.

Mi sono reso conto che non era leggero, poiché all'inizio sembrava che stavo lottando un po 'con esso, ma ha mostrato quanto fosse forte sollevandolo facilmente una volta che ho avuto il controllo.

Dio, mi sta tradendo, ho pensato.

Una bella donna completamente disposta con incredibile forza.

Stavo iniziando a rallentare il mio allenamento sia per mancanza di allenamento che per concentrarmi sul legno che Cindy aveva posto sul tappeto.

Non era ruvido, ma sembrava che fosse stato levigato e rifinito con una vernice.

L'unico grande bullone nel mezzo di una superficie era l'unica cosa che disturbava la levigatezza del pezzo, che sembrava che fosse quattro pollici per quattro pollici e circa sei piedi di lunghezza.

Una volta che Cindy aveva messo tutto a posto, mi si è avvicinata e mi ha visto lottare con i pesi, che sembravano già pesare circa dieci volte di più rispetto a quando ho iniziato ad allenarmi.

Rise e mi passò una mano morbida sul petto e sugli addominali.

"Mmmm ... va bene ragazzo. Sei pronto a smettere?"

"Oh, per favore, sì, non posso più continuare. Le mie braccia sembrano pronte a staccarsi e il mio bicipite è in fiamme", risposi.

"Ah ah ah ... Ok, basta! Abbassa i pesi e mettiti in mezzo al tappeto, davanti alla porta. ORA!"

Misi giù delicatamente i pesi e saltai al centro del tappeto.

In piedi lì, ho potuto vedere i giardini come la porta aveva 2 piccole finestre.

Accidenti, riesco persino a vedere il Maine attraverso il lago.

Sembrava una giornata calda e bella fuori, ma questa stanza era climatizzata e ci impediva di sudare.

"Allarga le braccia, cagna e allarga le gambe! Mantieni quella posizione e non muoverti!"

"Devi insultarmi, Cindy? Non potresti chiamarmi semplicemente Peter?"

"Ti sto solo preparando mentalmente ad essere il ragazzo delle feste e davvero non apprezzo qualcuno che sta cercando di rubarmi la mia padrona", rispose lei, cercando una delle bottiglie.

Oh, è gelosa!

Si voltò dietro di me e iniziò a strofinarmi il contenuto della bottiglia sulla schiena.

Cristo, odora di piña colada, mi dissi mentre quelle mani morbide continuavano a massaggiarmi la schiena.

Poi hanno trovato le mie natiche e lei le ha pizzicate con una risatina.

Poi ha continuato ad abbassare le gambe sul fondo.

"Nel caso te lo stessi chiedendo, schiava, la nostra Padrona pensava che avresti fatto una grande impressione sugli altri se fossi stato oliato e questo è quello che sto indossando adesso ed è un buon sapore dell'estate, non credi? Hmm ... tu la pelle è bella, morbida e liscia. Ti piacerà ... mmmmm "

Poi ha coperto completamente le mie braccia tese di olio fino alla punta delle dita.

Dopo averlo massaggiato sui lati del petto, la bottiglia si svuotò e lei prese la seconda.

Questa volta si strofinò delicatamente i muscoli del torace appena tonificati e potei vedere lo sguardo nei suoi occhi e sapevo che mi voleva.

Saltando sul mio cazzo e sulle mie palle, ha finito le mie gambe, poi si è inginocchiata e ha afferrato il mio cazzo stretto, stringendolo fino a quando non mi sono lamentato.

Poi ho visto le sue labbra sul mio membro mentre succhiava leggermente la punta.

Era solo il normale movimento di un maschio arrapato quando gli ho messo una mano sulla nuca quando il mio cazzo si è indurito e l'ho messo in bocca.

La sua reazione fu rapida quando mi morse l'arto e colpì le mie uova con la mano destra.

Tutto quello che ricordo è stato urlare più forte che potevo: Oh merda! alcune volte e poi senti squillare il telefono.

Accovacciato sulle mie mani private, Cindy rispose al telefono.

"Sì signora, scusa signora. Hai provato a farmi sesso orale mentre lo oliavi. Sì signora, ti dirò di sì, lo faremo. Sì, signora." era quello che l'ho sentito dire al telefono.

"Bene Peter, le signore non sono contente di tutto il rumore che hai fatto e di conseguenza riceverai settantacinque frustate invece delle sessanta che meritavi il giorno prima. E la cosa migliore è che ne darò quindici per la tua esibizione ora, urla di nuovo se vuoi. Quando usciamo da questa stanza per la festa, l'amante vuole il tuo cazzo duro come una verga d'acciaio e vuole che tu combatti mentre ci avviciniamo. Capisci, schiavo? "

"Sì, ho capito," scattai mentre guardavo il mio cazzo e le mie palle doloranti.

Andiamo.

Alzarsi.

Stringere.

Ho provato a volerla eretta, ma non ho avuto molto successo.

Cindy si inginocchiò davanti a me e fece scorrere delicatamente le sue mani morbide e oleose sul mio cazzo e sulle mie palle per quello che sembrava un minuto o due.

Solo guardandola ingrassare tutto e averla accarezzare il mio membro, la vita è tornata lì.

Sembrava sollevata quando ha finito di ingrassare il mio corpo e posare la bottiglia.

"Mettiti in ginocchio, ragazzo! Presto, eravamo quasi in ritardo!"

Mentre lo facevo, lei andò dietro di me e su quel pezzo di legno iniziò a legare pezzi di corda in luoghi diversi, in modo che ci fosse circa un piede di corda appeso a entrambe le estremità di ogni corda in ogni posizione, da cui Ne ho contati otto quando mi sono guardato alle spalle per vedere cosa stesse succedendo.

Quindi sollevò il legno, ringhiando per il peso, lo sollevò fino alla mia spalla.

Era un giogo! Doveva essere trattato come un pezzo di carne.

"Inclina la testa come un piccolo schiavo e allunga le braccia verso di me. Può sembrare pesante, quindi preparati."

L'ho fatto e ho trovato immediatamente il peso così scomodo e così instabile che il pezzo si è capovolto e l'estremità sinistra era appoggiata a terra.

"Oh, per l'amor del cielo, Peter! Sei un debole o cosa? Sei un fottuto stronzo, vero?"

Ha legato rapidamente la corda intorno alle mie braccia iniziando con la corda più vicina al mio busto sul lato destro fino a quando tutti e 4 mi sono stretti attorno al braccio.

Ho provato a torcere il braccio per liberarlo, ma l'unico movimento disponibile era dalla mia mano.

"Ora, fai attenzione ogni volta che metti la testa indietro, ragazzo, poiché c'è un fulmine nel bosco immediatamente dietro la testa. Ora allontana le ginocchia in modo che io possa bilanciarlo!"

Mentre obbediva, andò sul lato sinistro e, tenendo il legno e il braccio sotto, lo tirò fuori e lo equilibrò sulle mie spalle.

Ha quindi legato la corda tenendo le mie braccia in posizione in 4 diverse sezioni simili al lato destro.

Oh merda, mi fa male, pensai mentre sentivo tutto il suo peso, così come il tappo di testa, che aveva preso vita e che mi avrebbe strappato le viscere.

Gemetti e gemetti un po ', il che sembrò deliziare l'Amazzonia.

"Okay, vediamo se posso aiutarti ad alzarti da solo, invece di usare il paranco." Ha detto che quando ha iniziato a sollevarmi, ho seguito il suo esempio riorganizzando le ginocchia e poi alzandomi.

Ignorando il dolore sia dentro che su di me, mi alzai.

Aha, chi è il debole adesso, cagna?

Cindy raccolse di nuovo la bottiglia di olio e poi premette contro di me in modo da poter sentire le sue enormi tette contro il mio corpo e presto il mio cazzo stava cercando qualsiasi parte di lei.

"Mi riporterai a casa più tardi, Peter? Ho bisogno che tu mi porti e ne farò valere la pena."

Voleva dire questo o sta giocando con me?

Non importava perché aveva l'effetto desiderato di rendermi duro ed eretto al punto da sapere che era l'erezione più dura che avessi avuto il giorno.

Poi ha fatto un piccolo tocco su tutto il mio corpo per assicurarsi che tutto fosse a posto.

Dopo aver finito sul mio cazzo, Cindy gemette per quello che vide.

Quindi posò la bottiglia e andò a prendere la corda.

Avevo due anelli di corda arrotolata, che ha posizionato su entrambi i lati di me.

Non era come la spessa corda di nylon che teneva le mie braccia in posizione, ma più piccola di una corda da bucato.

Due volte, con tutta la sua forza, legò un'estremità di ogni corda arrotolata a uno dei miei pollici, stringendo i nodi fino a quando gemevo ogni volta che lo faceva.

Srotolava ogni sezione di spago e le teneva come redini.

"Ora quando ci chiamano alla festa, ti attirerò su di loro e voglio che tu combatti per le donne, ma non così forte da farti cadere. Vogliamo che tu combatta in modo che tutti si eccitino. Capisci Peter? Oh, merda, quasi L'ho dimenticato. "

"Sì, Cindy, capisco. Sono l'animale selvatico al guinzaglio." Risposi mentre la guardavo correre verso un armadio dal quale tirava fuori un pezzo di catena e, maledizione, no, polsini d'acciaio.

Tirò su un elastico che teneva la chiave del polsino sul polso destro mentre correva verso di me.

"Presto Peter, unisci i piedi!" Ha ordinato e sapevo che lo spettacolo stava per iniziare.

Allungò la mano e mise i polsini su ciascuna caviglia, facendoli scattare in posizione.

Il clic di ogni blocco sembrava forte come un urlo.

Quando si inginocchiò davanti a me, si mise il mio cazzo in bocca e mi succhiò forte per alcuni secondi che avrei voluto durare per sempre.

"Questo è stato per tirarti su di morale," disse, armeggiando con il mio corpo dall'olio in bocca.

Proprio mentre si alzava, la porta del garage si aprì e un'esplosione di aria calda colpì i nostri corpi.

Cindy aggiustò il pezzo di stoffa rossa che cercava di coprirsi la figa senza molto successo e si assicurò che la collana fosse correttamente allineata.

"Pronto Peter?"

"Facciamolo, fottuta stronza!" Ho risposto.

Mi guardò e poi raccolse le due corde legate ai miei pollici, le strinse e mi tirò fuori, lottando contro il sole del pomeriggio.

CAPITOLO IV

"Dannazione ... Smetti di tirare così fottutamente veloce," sussurrai a Cindy.

Poi le redini del mio giogo si allentarono e notai che Cindy si era fermata mentre girava a sinistra verso la Fiesta e guardava i tre maschi che si avvicinavano, ognuno con un rotolo di corda o cinghie di cuoio.

Erano nudi, tranne un piccolo perizoma di cuoio che copriva le loro parti intime.

Tutti e tre erano circa della mia taglia ed età, e ognuno portava anche una collana identica a quella che indossavo.

"Lo tireremo fuori di qui, schiavo Cindy. Devi riferire subito allo schiavo Ken," disse uno di loro.

"No, non è ancora pronto per questo. Peter, non lo sapevo! Scappa! Fuori di qui! Adesso!" Cindy mi ha supplicato.

Ho iniziato a girarmi per andarmene, ma due degli schiavi maschi mi avevano già raggiunto e mi avevano aggrappato alla corda attaccata ai miei pollici.

Sebbene con la catena bloccata sui miei piedi, non sarei comunque riuscito a fare cinque passi.

In lontananza, notai un gruppo di donne che osservavano attentamente la situazione in cui mi trovavo e nella parte anteriore del gruppo c'era la signora Lucy.

Poi ho capito che Cindy stava camminando, no, stava scappando a testa bassa e penso che stesse piangendo.

Cosa mi sono preso?

Che imbecille sono.

Poi la mia situazione e quelli che mi hanno fatto tornare alla realtà.

Saluti, schiavo Peter, io sono schiavo James e questi due signori sono schiavi Bob e Frank. Per favore, non darci un problema, Peter, e allora non ci saranno problemi per te. "

"Perché non vai a farti fottere? Lasciami in pace! Non ne ho discusso con la signora Lucy, quindi sono fuori di qui," urlai a quello di nome James.

"Tienilo stretto", disse James agli altri senza nemmeno guardarmi.

Quindi afferrò l'asta del mio pene che era tutt'altro che eretta, strattonò forte su di esso e fece scivolare un piccolo nodo di corda che si stringeva appena dietro la sua testa.

Poi ha tirato la corda così forte che ho emesso un lungo, forte grido.

"Ti fa male bastardo, toglilo, toglilo!" Ho urlato e combattuto con tutte le mie forze.

Quando l'ho fatto, ho guardato attraverso il prato e ho notato che le donne guardavano tutto bevendo un bicchiere di vino.

Sembrava che c'erano altri schiavi nudi, probabilmente come servi, e stavano anche guardando tutto.

"Per tua conoscenza, è stata la signora Lucy a ordinare questa situazione. Dovresti essere orgoglioso, dal momento che questo non è mai accaduto il primo giorno e se lo superi, diventerà un membro del Gruppo Elite con tutti i diritti. Ora, ti divertirai e piacerai agli altri combattendo. Consideraci solo come i tuoi fratelli schiavi che sono qui solo per aiutarti stasera, ah ah. E ci dispiace davvero per quello che sta per succedere. Ok ragazzi, togliete la corda dai pollici e mettete le cinghie collana. Devo prendere il debuttante e, a meno che non voglia perdere la fine del suo cazzo, si comporterà. "

Oh Dio cosa ho fatto

Che cosa mi farai?

Ho guardato ciascuno dei miei rapitori sperando che li facesse sentire una merda, ma tutto quello che ho fatto è stato farli incazzare e hanno tirato le cinghie che ognuno aveva su di me.

I tre si guardarono l'un l'altro, annuirono e si voltarono verso le signore, cadendo su un ginocchio, a testa in giù, tenendo ciascuna la cinghia a mezz'aria con la mano destra.

Ho guardato i miei tre rapitori e mi chiedevo cosa diavolo stesse succedendo.

James era davanti a me con in mano la tracolla e Bob alla mia sinistra con Frank alla mia destra, ognuno con le cinghie al collo.

Circa trenta metri in linea retta, sotto un grande baldacchino per proteggerli dal sole splendente, le signore avevano sistemato una fila di sedie con due di loro nella parte anteriore occupate dalla signora Lucy e un'altra donna afroamericana.

Tutte le donne indossavano un semplice abitino nero simile con accessori dorati e stivali neri.

La donna accanto a Lucy si alzò, si girò e fece un gesto verso uno schiavo in ginocchio, facendole segno di avvicinarsi.

Una schiava alta, ben abbronzata, oliata, con lunghi capelli lisci e neri, si alzò e si alzò con la testa chinata di fronte alla signora Lucy e alla signora nera.

Ognuna delle due donne le diede un oggetto che teneva in ogni mano e poi si voltò e si diresse verso di noi.

Oddio, anche lei è bellissima, ho pensato, e confrontandola con Cindy, ho notato che aveva la stessa altezza, ma in una forma molto migliore, il tutto accentuato dalla sua pelle abbronzata e oliata.

Poi l'ho riconosciuta.

Era la consulente legale della tribù indigena locale della Prima Nazione ed era lei stessa un'indiana americana.

Guardandomi intorno mi resi conto che solo questa donna, alcuni schiavi in ginocchio, e io eravamo oliati.

Nessuno dei miei rapitori lo era.

"Oh merda, fottuto amico. È Angela. Ti taglierà le palle se hai difficoltà," disse Bob.

"Mi dispiace Peter, ma è meglio che tu sia noi", disse James, con Frank anche d'accordo.

Ho guardato la donna che si è avvicinata a noi con aria di fiducia e un sorriso sul suo viso.

Indossava anche un pezzo di stoffa rossa, che cercava di nascondere il suo cavallo ma non copriva affatto, e una catena d'oro che la teneva intorno ai fianchi e nient'altro che scarpe o orecchini, e portava anche un sacco di trucco come Cindy.

Notai che nella sua mano destra aveva una frusta marrone e nella mano sinistra c'era qualcosa che non riusciva a vedere.

Quando si è avvicinata, ho iniziato a indietreggiare e poi ho iniziato a lottare con le cinghie attaccate, facendo sì che i miei tre rapitori si alzassero e mi tenessero in posizione tirandomi indietro.

"Lasciami andare a quelle maledette corde, bastardi. Lasciami andare! Fammi uscire di qui! Per l'amor di Dio, ragazzi, adesso mi lascerete uscire."

L'ho urlato più forte che potevo e mi sono reso conto che Angela stava correndo verso di noi, i capelli neri che danzavano dietro di lei e ci stavano già raggiungendo.

Il sole caldo sembrava abbagliare la sua pelle oliata, che era sciocca a cui pensare invece di cercare di scappare dalla mia situazione.

"Apri la bocca, ragazzo", disse con una voce profonda e forte mentre mi afferrava il braccio sinistro, "Non vogliamo che i vicini ascoltino adesso, vero?"

"Fottiti stronza nera, voglio uscire di qui e ora!"

Mi sono reso conto subito che non avrei dovuto dire nulla, soprattutto a causa delle etichette sprezzanti per la sua origine africana, ma ha appena sorriso ai miei commenti.

"Continuate così e siete morti, fottuta carne", mi sussurrò nell'orecchio sinistro. "Ora apri la tua maledetta bocca, ragazzo," urlò mentre annuiva a James.

Il dolore di un forte strattone sulla cinghia del suo cazzo, così come Angela che mi tira indietro la testa tra i capelli in modo che la mia testa colpisca il bullone nel bosco mi ha fatto urlare con la bocca aperta.

Fu allora che inserì un grosso pezzo di pelle intrecciata nella mia bocca, che si piegò immediatamente dietro la mia testa in un nodo il più ruvido possibile.

"Come sta questa cagna?" abbaiò.

Nel miglior modo possibile, ho risposto con il bavaglio e ho detto:

"Fottiti, cagna sporca! Portami via quella cosa! Voglio essere fuori di qui," e sebbene la mia risposta suonasse come ... Hmphhh ... hmphhh ... hmphhh, il significato di ciò era distinguibile per lei. mentre la sua mano aperta si stringeva in un pugno mentre cercava di controllare la situazione.

"James, dammi la cinghia da cintura e poi prendi i tuoi due piccoli amici e le loro cinghie e vaffanculo qui, la signora Lucy e la signora Samantha hanno cambiato idea sull'intrattenimento, per essere onesti con Peter, questo non è mai stato discusso. con lui "ordinò Angela.

"Ma io ..." balbettò e ci pensò meglio.

Annuì ai suoi due assistenti ed entrambi iniziarono a camminare verso il resto del gruppo.

Angela si rivolse al gruppo di donne e sollevò il braccio sinistro con una mano aperta per indicare 5 minuti.

Poi si girò verso di me e afferrò l'anello a D sul davanti del mio collo, che mi tirò e mi trascinò nella stanza di servizio che aveva lasciato qualche minuto fa con Cindy.

Mi rimise sul tappetino e andò in un armadio a prendere un'altra bottiglia di olio per il corpo, che mi riportò e si mise di fronte a me.

"Ora Peter, ci restano solo pochi minuti, quindi lascia che ti aggiorni. La tua Padrona ha alzato la scommessa iniziale per così dire e ti ha offerto come suo biglietto per passare rapidamente a uno stato Elite nel Piacere del Dolore. Hai Ne hai sentito parlare? Beh, a chi importa cosa pensi in ogni caso? Hai accettato di essere il suo schiavo,

Peter? Hai accettato di partecipare alla festa come suo schiavo? Dichiaralo annuendo sì è vero!"

Ho annuito sì.

"Bene, questo lo risolve. Ero preoccupato che la tua paura fosse reale, ma tu hai firmato un contratto con Lucy e, a partire da questo momento, non posso farci nulla. Ma pagherai per le tue esplosioni e ti farò adempiere al tuo contratto con la tua Padrona. Sai chi sono? "

Annuii di nuovo, così lei slegò la corda dalla testa del mio pene.

"Ecco, non avrò bisogno di quella cinghia. Suppongo che quei tre deboli pensassero che avrebbero impressionato; deve essere una questione di uomini. Ti senti meglio, Peter? Ti piace portare tutto il peso del giogo sulle spalle? Questa era la mia idea." , una volta mi hanno parlato dei tuoi attributi fisici. Spero che faccia molto male, perché i commenti che hai fatto su di me fanno male e ti verranno restituiti. "

Sembrava vagare facendo domande, ma non aspettandosi mai una risposta come se fosse imbavagliato o scuotendo la testa, quindi ho pensato che fosse meglio rimanere così e non fare nulla.

Mentre parlava, si sbottonò l'imbracatura che indossava e lentamente estrasse la spina dal mio sedere, ma non mostrò alcuna preoccupazione nel prendere le mie palle e il mio cazzo fuori dal ring, facendomi urlare e mordere il bavaglio.

Una volta che il tappo fu fuori, lo gettò tutto sulla tela.

Le sue mani morbide mi passarono sul culo, sulle palle e delicatamente sul mio cazzo, che era più che allentato della cinghia che era stata legata ad esso.

"Ti senti meglio Peter?" lei chiese.

Annuii alla sensazione affermativa che i miei muscoli si rilassarono una volta rimossa la spina.

Rise dolcemente e disse:

"Bene, va bene, quindi ti conviene godertelo finché puoi perché ho qualcosa di un po 'più sinistro in programma per lo spettacolo. E a proposito di ciò, è meglio andare avanti o siamo entrambi su Now,

Peter, solo per sai che la frusta che ho è di betulla che fornisce molto rumore ma pochi danni ma le fruste che altri useranno su di te sono per lo più pelle di vitello oliata e causano un notevole dolore quindi fai attenzione "Ma i due ragazzi non lasceranno segni permanenti sul tuo corpo. Mi obbedirai per il resto della notte, dal momento che sarà più facile per te e non dimenticherai il contratto che hai fatto con la tua Padrona. La prima cosa che farò è presentarti alle Signore, il La maggior parte dei quali ha posizioni pubbliche o professionali elevate e, per il momento, vuole che le loro identità e la loro partecipazione siano tenute segrete, a capo di questo spettacolo c'è la signora Samantha, che è seduta accanto alla signora Lucy e deve essere rispettata. al 100%. Non c'è spazio per errori con lei, fai solo quello che dice, Peter. Capisci Peter? "

Annuii di nuovo e, mentre lo facevo, vidi Angela toccare il suo corpo con olio e una volta che era sulla sua pelle abbronzata, sembrava illuminare la stanza.

Il mio membro debole iniziò a tornare in vita come riflesso del piacere che vide nei miei occhi della bella donna di fronte a me.

Poi venne da me e iniziò a massaggiarmi olio sul petto, sui capezzoli e sugli addominali.

Quindi afferrò il mio membro e iniziò ad accarezzarlo finché non sentì l'erezione durare per un po '.

"È un peccato che non ti abbia trovato prima di Lucy o che non sono quello che cerca l'appartenenza oggi, dal momento che tutte le donne che entrano in Pleasure of Pain devono entrare come schiave in una Padrona fino a quando non trovano uno schiavo maschio e femminile per servirli. Ti sarebbe piaciuto essere il mio schiavo, Peter? »

Non ero sicuro della risposta che stava cercando, annuii, e poi la sua mano destra mi colpì la guancia sinistra 3 volte più forte dell'altra.

Poi rapidamente si fermò dietro di me e mi costrinse ad affrontare la porta aperta.

Dannazione maialino, non stai mostrando lealtà alla tua padrona o stai solo cercando di placarmi? Che idiota che sei, Peter! cosa succederà o in che direzione andare. Se disobbedisci o non fai un bello spettacolo, userò la maniglia della mia frusta e non credo davvero che tu voglia che lo faccia, perché come voglio lascerà un segno permanente. ! "

Proprio quando mi ha chiesto se ero pronto, la frustata mi ha colpito nel culo che ha reso il forte rumore promesso, ma una puntura sorprendentemente bella che deve aver soddisfatto il mio cazzo in quanto è aumentato ancora più forte di prima.

Poi, quando eravamo fuori dall'edificio, altre tre ciglia sono cadute pesantemente sulla mia schiena che mi ha fatto male, facendomi urlare nel mio bavaglio e spingermi indietro, ma non girarmi.

Questa azione mi ha solo procurato un altro colpo alle natiche e poi mi ha ordinato di girare a sinistra.

Una volta finito, mi disse di correre, il che era impossibile da quando ero incatenato, ma Angela sembrò ignorarlo e continuò a sculacciare la schiena, il culo e le cosce mentre continuavo a combattere e urlare al mio bavaglio.

"Passa direttamente alla signora Lucy" ordinò.

Alzai lo sguardo tra i colpi e allo stesso tempo guardavo il terreno alla ricerca di difetti, dato che non volevo scivolare, e quando vidi la mia Padrona, mi diressi verso di lei.

Stava parlando con una Padrona nera accanto a lui, alla sua sinistra, che supponevo fosse la Padrona Samantha e che sembrava essere d'accordo con l'approvazione dello schiavo scelto da Lucy, io.

Quando mi avvicinai, notai una struttura di legno alla mia destra.

Una forca?

Che merda.

"Alzati, schiavo," ordinò Angela quando fu a cinque passi dalla mia amante Lucy.

Poi si è mosso accanto a me e ha dato un duro colpo al mio cazzo ancora eretto.

"In ginocchio quando sei di fronte alla tua Padrona!"

Mi sono inginocchiato e ho subito subito altre tre ciglia pesanti sulla schiena che mi hanno fatto male, ma mi hanno dato più piacere di prima, ma non riuscivo a capire o vedere il mio pene eretto.

Ho sentito un ordine, che penso, è stato di Angela per abbassare la testa fino a quando non ha colpito il terreno e tenerlo lì.

Mentre lo facevo, il peso del pezzo di legno sulla schiena mi fece urlare e subire un altro colpo.

Quindi, tutto è rimasto in silenzio per un periodo di circa dieci secondi che sembrava durare per sempre e una voce che presumevo fosse la signora Samantha per la sua vicinanza e voce autorevole, ha iniziato a parlare.

Signore, benvenute a questa riunione speciale del Pain Pleasure Group. Siamo qui per riconoscere ufficialmente Lucy come nostra nuova membro d'élite e ci congratuliamo con lei per la scelta dello schiavo, che sono sicuro che le piacerà moltissimo. Signore, ingrassate in questo modo e pronte per le nostre fruste? Lucy, c'è un problema eccezionale della disciplina degli schiavi che so che ora risolverai. Che cosa hai scelto? "

"Grazie, signora Samantha, per tutte le vostre gentili parole. Mostrerò a tutti che, come un vero dominante e professionale, io sono e sarò un leader di tutti gli uomini, tutti inferiori a noi. Schiavo Peter! Ha scelto il suo La prima punizione sarà sospesa nella tua prima partecipazione: ogni attuale Padrona e le sue fruste saranno introdotte, iniziando da Lady Samantha e finendo con me stesso, il che significherà un totale di undici lezioni, a cui seguirà la fine, che solo Chiamerò The Final Torment, poiché è qualcosa di nuovo che abbiamo creato io e Angela. Tutti gli schiavi, tranne lo schiavo Cindy, andranno immediatamente nella sala d'aspetto nel seminterrato in quanto non sono autorizzati a vedere la prima punizione del nuovo schiavo Peter ".

Quando la Dominatrice era finita, udii un mormorio di soddisfazione e applausi, che era diverso dai primi suoni, che dovevano provenire dagli schiavi dietro ciascuna delle loro Amanti.

Nessuno ha mai avuto così tante lezioni, è stato sussurrato da uno schiavo.

La padrona ha detto:

"Ben fatto, Lucy, che corpo fantastico ha il tuo ragazzo."

Non mi è stato chiesto o supposto che mi fosse chiesto se ero d'accordo con l'intrattenimento pianificato, poiché volevo essere il suo schiavo più di ogni altra cosa.

"Forza Peter, è tempo che tu sia pronto a salutare tutte le Maestre!" Ordinò Angela.

Ho provato a sollevare la testa, ma il peso del giogo sulle spalle e la stanchezza non mi hanno permesso di farlo. Angela chiese allo schiavo Cindy di venire ad aiutare, e entrambi afferrarono un'estremità del giogo e mi sollevarono facilmente.

Quando mi sono alzato, mi sono guardato intorno e ho notato che gli schiavi se ne stavano andando e le Maestre in piccoli gruppi si stavano divertendo con vino e antipasti e ho pensato a quanto avessi bisogno di bere.

Guardai Cindy e sorrisi attraverso il mio bavaglio cercando di insinuare che non ero arrabbiato con lei per la straordinaria sequenza di eventi.

Mi guardò negli occhi e poi mi strinse delicatamente il braccio.

Angela mi ha trascinato attraverso un anello a D attorno al mio collo fino a quando non sono stato direttamente sotto il braccio teso della forca.

In piedi lì, ho guardato in alto e ho notato un filo con un moschettone attaccato, poi ho sentito un motore e ho visto il gancio scendere fino alla fine appena sotto la mia testa.

Cosa ha detto la signora?

Sospensione e partecipazione e qualcos'altro?

Devo prestare più attenzione.

"Cindy, sciogli le corde sul polso e avambraccio su quell'estremità del giogo e lo farò su questo. Dobbiamo mettere i braccialetti di sospensione sul ragazzo e poi la barra di sospensione di fronte a lui. Una volta fatto, lo farò Staccheremo e terremo il giogo di legno. La signora Lucy non vuole più perdere tempo. " Disse Angela.

Poi mi hanno messo dei polsini di cuoio spesso sui polsi e sapevo a cosa servivano, dato che avevo controllato le pubblicità fetish su Internet.

Una volta in viaggio, Angela sollevò una pesante barra d'acciaio di circa sei piedi di fronte a me.

Aveva catene con moschettoni a ciascuna estremità, un anello pesante nel mezzo.

Cindy spezzò rapidamente i ganci su ciascuna catena sopra i polsini che mi tenevano i polsi, e una volta che il secondo fu sollevato e funzionante, Angela abbassò lentamente la barra fino a quando la tenni da sola.

Il peso aggiunto sul mio corpo e sulle braccia mi fece gemere forte nel mio bavaglio e notai che Lucy mi guardava e il gruppo con cui ero iniziava a sorridere e ridere.

Angela e Cindy si sono mosse rapidamente per rimuovere il giogo, il che mi ha fatto sentire molto meglio, e anche dopo aver sollevato la barra sopra la mia testa e messo l'anello sul moschettone, ho sentito che la pressione veniva alleviata dal mio corpo.

Angela mi si avvicinò e mi sussurrò in modo che nessuno, nemmeno Cindy, potesse sentire:

"Schiavo, ora ti toglierò il bavaglio e ti darò dell'acqua prima che vengano fatte le presentazioni. Se non ti comporti bene prima di notte. È finita, onestamente, e ti taglierò entrambi i capezzoli. Capito?"

Ho annuito con entusiasmo, dicendo di sì, quando le ho rivolto il desiderio di bere e tenere i miei capezzoli.

Ho notato che la barra su cui pendevano le mie braccia si girava con me quando l'ho fatto e guardando in alto ho capito perché il moschettone aveva una parte girevole incorporata in modo che potesse ruotare in qualsiasi direzione.

Cindy quindi mi tolse il bavaglio dalla bocca e, stando in piedi dietro di me, premette delicatamente il seno contro la mia schiena, facendo uscire un gemito di piacere dalle mie labbra.

Grazie a Dio Angela non aveva sentito o visto nulla di tutto ciò, mi dissi.

Angela mi portò poi una bottiglia d'acqua sulle labbra, da cui provai a ingoiare tutto, ma mi furono concessi solo pochi sorsi.

"Scusa Peter," disse Angela, "ma posso solo darti un paio di sorsi o puoi avere un crampo o persino ammalarti. Oh, Cindy, fantastico, hai la sbarra collettrice per i tuoi piedi. Mettiamola in moto e veloce, Peter. Ricorda quello che ho detto di urlare ".

Dapprima Cindy mi aprì i piedi con la chiave che aveva in mano un braccialetto, e poi le due ragazze afferrarono rapidamente la barra, lunga circa tre piedi, e allacciarono un cinturino di cuoio su ciascuna caviglia.

Mentre stava succedendo, sapevo perché Angela mi aveva dato il promemoria di urlare, dal momento che non solo mi separava dal bar, ma ora era sospeso da terra in una posizione estesa dell'aquila che pendeva dai miei polsi.

Tutto quello che potevo fare era stringere i denti e gemere il più delicatamente possibile.

Quindi Angela ha messo alla prova la mia situazione spostandomi lentamente da una parte all'altra e poi girandomi una volta per assicurarsi che il turno funzionasse.

Quando mi ha affrontato, ha detto:

"Schiavo, ti inginocchierai prima di salutare ogni Padrona e avrai la testa in giù, gli occhi in giù. La saluterai quando sarà di fronte a te e lo farai in questo modo. Poi ci ordinerà di stare su entrambi i piedi o in piena sospensione e poi ti presenterà formalmente con la sua frusta e quant'altro. Tutte le Amanti hanno il permesso di farlo. Ti sculacciano tutte le volte che vogliono, dalle spalle alle dita dei piedi. piedi, ma per il tuo pene, dovresti usare solo una frusta. Ricorda di non piangere Peter o saranno più duri con te. Capisci Peter? "

"Sì Angela, ho capito" dissi, ma avevo paura di chiederle cosa significasse "e altre cose".

"Schiavo, voglio che tu faccia qualcosa per me. Supponiamo che tu sia appena stato colpito, gira a sinistra di mezzo giro. ORA!"

Ho dovuto provarlo un paio di volte fino a quando ho capito bene, poiché la prima volta sono andato troppo lontano e poi non abbastanza lontano la volta successiva o girato completamente.

Poi mi hanno lasciato in punta di piedi e ho dovuto ripetere il processo fino a quando non ho capito bene.

Mentre mi veniva istruito in questa tecnica di tornitura, Cindy mi aveva posto un tavolo davanti e sopra c'erano dei flagellatori di vari tipi e colori e una grande ciotola di pesce di vetro riempita con pinze di legno.

Angela quindi annuì a Cindy per venire dalla mia parte e poi Angela si rivolse agli Amas.

Accidenti è così bella e lo sono anche Cindy e tutte le Maestre, ho pensato che quando Cindy ha ricominciato ad accarezzare il mio cazzo per tenerla dura credo.

"Sii coraggioso Peter e finirà presto. Ti amo Peter," sussurrò.

CAPITOLO V

Un brivido mi attraversò il corpo mentre rimasi lì in attesa del mio destino, trattenuto da Cindy mentre accarezzava dolcemente la mia virilità.

Ricordo di aver visto il lago e le barche a vela che si dirigevano verso casa in un letto d'acqua sempre più calmo.

I primi pensieri del tramonto iniziarono a prendere piede e sapevo che sarebbe stato buio in meno di un'ora e mi chiedevo dove fosse finito il tempo.

"Preparati. Stanno arrivando", ordinò Angela a Cindy quando tornai alla realtà.

Non avevo notato il ritorno di Angela e quando mi voltai verso di lei, mi diede una pacca sui glutei e ridacchiò.

"Non vedo l'ora di vedere se ce la farai nell'ora successiva dato che faresti meglio a bagnare e bagnare tutte le ragazze durante la tua esibizione. Ora Cindy, metti questa cagna in ginocchio prima che siano qui. E Peter, ricorda cosa Te l'ho detto ".

Il mio corpo a forma di aquila si allungò sulle mie ginocchia con l'aiuto di Cindy, poiché non ero sicuro di quale fosse il modo migliore per mettermi in posizione.

In ginocchio, ho tenuto la testa bassa, come comandava Angela, ma sapevo dalla visione periferica che aveva e dalle loro voci che ora stavano affrontando noi.

"Ladies of Pain Pleasure, offro il mio schiavo, lo schiavo Peter, per la tua considerazione. Per favore, usalo bene. Dopo aver completato il test del mio uomo senza valore, ci sarà uno spettacolo speciale per te che Angela ha così gentilmente preparato Lady Samantha, per favore sii gentile abbastanza da iniziare la cerimonia. "

Tutti rimasero in silenzio davanti a me e potei sentire la signora Samantha mentre si avvicinava e anche quando rimuoveva le pinze dalla ciotola.

Una delle signore disse poi dolcemente a un'altra persona:

"Ah, il pungiglione, lo proverà."

Mormori affermativi durante l'incontro.

Quando fu di fronte a me, le dissi ciò che Angela mi aveva detto:

"Saluti, signora, sono lo schiavo della signora Lucy, Peter."

"Alza la testa e guardami, schiavo" mi ordinò.

Mentre sollevavo lentamente la testa, notai che nella sua mano sinistra aveva due mollette e alla sua destra aveva una frusta di cuoio rosso scuro.

La frusta sembrava una frusta corta e intrecciata, ma alla fine aveva una lunghezza aggiuntiva di nove code di cuoio delle dimensioni di una corda, ciascuna annodata all'estremità.

Che cazzo, ho pensato.

Per quanto ingenuo come me, sapeva che la frusta che teneva in mano non era il flagello che Angela aveva descritto.

Ho guardato Angela e lei sorrise un po 'innocentemente e scrollò le spalle.

"Quella stronza otterrà quello che sta cercando un giorno."

Sapevo che avrebbe fatto più male di quanto avevo spiegato in precedenza, ma ci sarebbe voluto tutto il necessario per dimostrare ad Angela che avrei potuto resistere.

La signora Samantha aveva visto questa interazione e aveva riso.

"Signore, sembra che a questo schiavo non sia stato detto tutto dello spettacolo di stasera, ma ha accettato di essere qui e questa sarà una buona lezione per lui. Aspettiamo uno sconcertato schiavo!"

"Peter, schiavo, sei d'accordo di essere subordinato a tutte le donne, che tutte le donne sono superiori agli uomini, che servirai e obbedirai a tutte le donne indipendentemente da dove ti trovi e che imparerai a sostenere il movimento del piacere del Dolore?"

"Sì, signora Samantha, sono d'accordo," ho risposto.

"Sai chi sono, schiavo, e cosa devo fare?"

"Sì, signora. Hai il tuo studio legale nel Maine che ho usato, ma mi sono occupato solo del tuo staff."

"La nostra partecipazione a questo gruppo deve essere riservata. Capisci Peter e possiamo contare sul fatto di tenerlo segreto?"

"Capisco che la signora e manterremo sempre tutto riservato."

"Hai assaggiato il dolce nettare di una dea nera, schiava e vuoi farlo?" lei chiese.

"Sì, signora Samantha, lo desidero."

Non appena menzionai quelle parole, la mano della frusta mi si posò sul retro della testa e la spinse verso di lei ***** nella speranza che fosse stata esposta dall'altra mano mentre sollevava il vestito.

La mia lingua ha subito cercato il suo clitoride, che era caldo e nuotava nei succhi sessuali, e mentre lo leccavo, l'ho sentito indurire e crescere.

Senza chiedere il permesso, ho girato leggermente la testa, ho aperto la bocca intorno al suo sesso e ho iniziato ad assorbire tutto ad un ritmo crescente.

Per alcuni secondi, mi ha colpito la figa in faccia e poi mi ha spinto bruscamente.

"Ah puttana", urlò e mi diede una pacca sulla faccia con la sua frusta. "Lucy, hai fatto molto bene ... non solo il corpo di questa volpe è fatto per servirci, ma penso che anche la sua mente sia pronta a servirci."

La signora Samantha fece un passo indietro e, guardando la sua schiava, Angela disse: "Fatto", e poi diede a Cindy le due mollette.

Sono stato sollevato completamente da terra, completamente sospeso in questa posa selvaggia estesa dell'aquila, di fronte alla testa di questo gruppo di piacere del dolore.

Notai Cindy che osservava un po 'pensieroso le mollette e poi procedetti a metterne una sul mio capezzolo sinistro e una sul mio portauovo, facendo uscire un gemito silenzioso dalle mie labbra.

Mentre stava succedendo, ho guardato Samantha, che mi è sembrato incredibilmente selvaggio e ha sentito il mio cazzo indurirsi.

"Guarda signore! La cagna mi sta già pagando i suoi rispetti correttamente."

Immediatamente dopo aver detto questo, mi ha colpito duramente sulla coscia destra e poi di nuovo a sinistra, il che mi ha fatto combattere nei miei legami, ma non emettere un suono tra i denti serrati.

"Angela, girati per favore," ordinò Samantha.

Angela mi sibilò poi all'orecchio abbastanza forte da far sentire a tutti.

"Voltati, fottuta stronza, e sii veloce."

Con tutte le mie forze, mi sono girato rapidamente il più delicatamente possibile e per tutto il tempo pensando ad Angela e dicendo a me stesso:

"Avrò quella cagna per me."

Sicuramente potrebbe essere un po 'più piacevole in altre circostanze.

Quando ho completato il turno, ho guardato Angela negli occhi e ho cercato di ucciderla senza molto successo.

Poi Samantha mi ha dato due ciglia dure sulla schiena con la sua frusta, e poi ho capito perché si riferivano a lui come il pungiglione.

Era come se ad ogni colpo, potessi sentire le nove code della frusta entrare nel mio corpo, ma avevo ancora una sensazione di formicolio che sembrava quasi richiedere di più.

Quando la mia lotta interiore si calmò, sentii Samantha dire: "Pronto, Angela?" e poi ho sentito un silenzio dalla folla di donne riunite nelle vicinanze.

Abbassai lo sguardo e guardai mentre Angela si sporgeva verso di me e mi portava il mio cazzo eretto in bocca, lavorando fino a quando non lo aveva come voleva e poi sollevò la mano destra.

In quel momento, il mio mondo è esploso con una serie di duri colpi alle natiche e ai denti di Angela, stringendo così forte il suo cazzo che ho pensato che l'avrebbe tagliato.

Non ho urlato, ma i miei lamenti a denti stretti sembravano masticavo la terra.

Mentre lotta in questa posizione di totale schiavitù, Angela ha continuato a mordermi il pene fino a quando la signora Samantha ha parlato:

"Angela, smettila subito. Sarai punito più tardi per questo sfogo. A che diavolo stavi pensando donna?"

Poi mi alzai e, con l'aiuto di Cindy, mi voltai verso il Gruppo e mi inginocchiai di nuovo.

Abbassando la testa, la mia padrona ha parlato al gruppo:

"Il prossimo sarà la nostra ospite dall'esterno, la signora Victoria, che ha contribuito a creare il nostro gruppo locale. Signora Victoria, per favore."

"Saluti, signora, sono la schiava della maestra Lucy," dissi quando si fermò davanti a me.

"Alza la testa, ragazzo! Sai chi sono?"

Quando sollevai la testa, notai di nuovo le due mollette, ma questa volta la sua mano destra reggeva una piccola frusta e il mio cuore affondò, ma non mi tolse la virilità, poiché in qualche modo rimasi duro.

Alzai lo sguardo negli occhi di una donna matura che era ancora estremamente bella e aveva il corpo di qualcuno molto più giovane.

"Sei la signora Victoria. Ho scambiato e-mail con te quando mi sono unito al tuo gruppo di ruolo, ma non sono mai stato bravo a farlo e mi sono arreso. Mi dispiace, signora."

Onestamente, sperava di non averla turbata mentre abbassava la testa.

"Alzati e girati" mi ordinò Angela.

Per prima cosa, ha dato le due mollette a Cindy, che, dopo averle guardate, ha sollevato le sopracciglia e poi ha proceduto a mettere entrambi sul mio pene: sulla pelle su entrambi i lati delle uova alla base.

Poi sono arrivate cinque ciglia forti sulla schiena e sul sedere mentre gemevo e lottavo nei miei legami.

"Eccellente, eccellente" dichiarò la signora Victoria prima che tornassi in ginocchio.

E così è stato, con diverse punizioni da tutte queste donne potenti, ognuna di esse è stata convocata dalla mia Padrona.

Da Nellie, insegnante di scuola superiore, a Flora, attrice di soap opera, a Jane, un dottore, a Jemina, insegnante di storia, a Rosie, artista in un Talent Show, a Laura, proprietaria della stazione televisiva che mi ha invitato sulla sua isola .

Vi sono state due eccezioni che segnalerò in modo più dettagliato, Clara, presentatrice su un canale di notizie via cavo, e Celine la ragazza del tempo sullo stesso canale.

Quando fu chiamata la signora Clara, si avvicinò schiaffeggiando una grossa frusta nera che pendeva dalla sua coscia e si fermò proprio di fronte a me quasi toccandomi la testa china.

"Saluti, signora, sono la schiava della signora Lucy, Peter," balbettai un po 'tremante e spaventato mentre continuavo a colpire la frusta sulla sua gamba sapendo che potevo vedere il suo giocattolo.

"Alza la testa, signore. Sai chi sono?"

Il Signore fu detto in modo dispregiativo da sentire per tutti.

Quando alzai la testa e la guardai per la prima volta nella vita reale, mi resi conto che era ancora più bello che in televisione.

Aveva un corpo ben calibrato per cui morire, e i suoi capelli erano attualmente biondi scuri lunghi fino alle spalle, e da quello che aveva letto, il suo cervello superava la maggior parte degli uomini.

"Sì, signora Clara, lei è un riferimento in Cable".

Quando ho detto questo, ho notato che non stava prestando attenzione a tutto ciò che ho detto, ma stava guardando Angela.

Girai la testa verso Angela e notai che stava guardando Clara, sorrideva e si leccava le labbra.

"Quella ragazza è anche una burlone, eccitata e tutto va bene", ho pensato ad Angela e ho riso dolcemente.

Sfortunatamente, la signora Clara pensò che stavo ridendo di lei e mi schiaffeggiò.

"Lady Lucy! Questo tuo maiale osa ridere di me. Che cosa ha intenzione di fare al riguardo?"

"Mi scuso Clara. Angela, prendi le pinzette e mettile sul bastardo. Adesso!" Lei ha ordinato.

Quando Angela andò al tavolo per le pinze, chiese a Lucy quanto volesse che fossero messe e la risposta di Lucy fu:

"Quando non puoi più spremerli, saranno perfetti."

"Signora Clara, spero che questo abbia la sua approvazione" chiese Lucy.

"Stai in punta di piedi!" Disse Clara mentre porgeva i morsetti a Cindy.

Angela ha quindi ordinato a Cindy di rimuovere tutte le mollette dai capezzoli e di metterle sul mio cazzo una volta che mi sono alzato in posizione.

Cindy non mi ha guardato negli occhi quando hanno rimosso le quattro mollette e le hanno trasferite sul mio cazzo, quindi le mollette di Clara sono state posizionate sulle mie uova.

A quel tempo, il mio pene era quasi completamente coperto su ogni lato dai perni.

Poi Angela, sorridente e amichevole, il cane ha fatto la sua cosa con le pinze.

Ogni morsetto consisteva di due barre di metallo piatte con viti su ciascuna estremità che dovevano essere serrate a mano.

Dopo che ognuno si è allentato, ha posizionato un morsetto sopra un capezzolo con una barra sopra e sotto, e poi ha fatto Cindy estrarre il capezzolo dal morsetto mentre lo stringeva.

Una volta che entrambi furono trattenuti, mi sentii un po 'sollevato poiché solo Cindy che li tirava su causava un po' di dolore.

"Ora li strizzerò, cagna", disse mentre ci guardavamo entrambi.

Mentre li stringevo, il dolore cominciava ad essere lancinante.

Non avevo mai provato un dolore così forte, ma dannazione, non ti avrei dato il piacere di urlare perché è esattamente quello che Angela voleva che facessi.

Clara mi ha ordinato di girare, cosa che ho apprezzato perché, dopo che tutte le mie fantasie televisive su di lei si erano spezzate dopo aver appreso che preferivo il sesso opposto, non volevo vederla sculacciarmi e provare l'umiliazione.

In realtà, la sua sferzata con la frusta era dolorosa ma eccitante.

È stato a causa della mia umiliazione?

Con la signora Celine, non siamo mai arrivati alla fase sculacciata.

Dopo il suo primo piano e la mia presentazione, ho guardato la sua bellezza e ho sorriso, e ho detto che l'avevo vista per anni ogni fine settimana mentre presentavo il bollettino meteorologico locale e ho rilasciato che ero innamorato di lei e pensavo che fosse fantastica.

"Vuoi mettere alla prova la tua ragazza del tempo, Peter?"

"Sarebbe un onore, padrona", risposi e poi procedetti a mettere la testa tra le sue gambe mentre sollevava il vestito.

Faceva caldo e umido e aveva bisogno di un orgasmo.

La mia lingua ha lavorato duramente sul suo clitoride mentre mi pompava il corpo contro il viso.

Quando era completamente gonfio, sono stato in grado di tenerlo con le labbra mentre la mia lingua scorreva su di esso.

Non passò molto tempo prima che gemesse con un orgasmo e i succhi dell'amore mi coprirono il viso.

Poi fece un passo indietro, lasciò cadere la frusta e si avvicinò alla mia Padrona e chiese scherzosamente se mi avrebbe venduto.

Dopo aver esaminato le mie presentazioni con ciascuna delle amanti, mi inginocchiai con la testa chinata e sapevo che Lady Lucia era di fronte a me.

"Saluti, signora Lucy. Sono la tua schiava, la tua schiava Peter."

"Alza la tua schiava"

Quando l'ho fatto, sapevo perché era lì quella notte, poiché la sua bellezza era accattivante e l'ho davvero amata.

Non teneva una morsa, ma teneva una piccola frusta nella mano destra, che ho capito subito a cosa serviva, dato che nella mano sinistra teneva un bavaglio.

"Schiavo ben fatto. Il tuo processo sarà presto finito e le donne hanno accettato di permetterti di mettere il bavaglio in modo da poter urlare quando necessario per il resto della notte. Ora Angela ha messo il bavaglio in sospensione anteriore completa su questo ragazzo ".

Angela prese il bavaglio e senza alcuna morbidezza me lo spinse in bocca e lo strinse forte dopo avermi spinto la testa.

Le signore hanno guardato tutto questo, specialmente quando mi ha aiutato con le pinze e per la prima volta sono stato in grado di urlare nel bavaglio.

Mi hanno lasciato in piena sospensione perché tutti potessero vederlo.

Quando ad Angela fu ordinato di rimuovere le fascette, le signore osservarono con grande interesse la mia reazione alla rimozione di ognuna mentre urlava e lottava cercando di confortare i miei capezzoli.

Quindi Lucy si avvicinò e si fermò di fronte a me.

"Per favore, Peter, mostra a tutti che sei il mio schiavo. Ora rimuoverò tutte le tue mollette con il mio piccolo giocattolo e non molto delicatamente. Tutti stanno osservando la tua reazione a ciò che faccio, quindi facciamolo bene."

Annuii e chiusi gli occhi deciso a non urlare più quando le code della frusta iniziarono ad atterrare ovunque fosse stata posizionata una molletta, ma la maggior parte era sul mio cazzo e sulle mie palle.

Gemetti e mi sforzai di sfuggire alla frusta fino a quando finalmente si fermò e aprii gli occhi su una Padrona sorridente.

"Ben fatto Peter", disse, e poi si rivolse ai suoi ospiti. "Ci sarà un breve intervallo di tempo prima della presentazione di The Final Suspension. Potresti venire con me con un bicchiere del mio vino freddo mentre le ragazze preparano l'intrattenimento finale per la sera?"

"Di che diavolo sta parlando?" Ho pensato.

La sospensione finale? Mi impiccerai?

Poi mi hanno abbassato a terra e mi hanno detto di inginocchiarmi mentre Angela e Cindy erano impegnati a prepararsi per cosa: la mia morte?

Ero troppo stanco per fare qualsiasi cosa, anche quando la barra pesante era scollegata dal cavo e posizionata dietro di me.

Quando ho guardato il mio cazzo, l'ho visto appeso debolmente e sapevo che anche il Viagra non sarebbe stato molto utile in quel momento.

Stupito, ho visto Angela e Cindy tirare fuori una specie di motore, che hanno inserito nel cavo, e poi, dopo averlo collegato, l'ho provato per assicurarsi che funzionasse.

Quindi la barra che teneva le catene ai polsini è stata incollata sul fondo del dispositivo e tutto mi ha sollevato fino a quando non sono stato sospeso di nuovo.

Questa volta, hanno allentato la barra di separazione alle mie caviglie e l'hanno tolta quando mi hanno abbassato in piedi.

Cindy quindi mise delle pesanti manette di cuoio sulle mie cosce appena sopra le ginocchia e quando furono entrambi stretti saldamente, fui abbassato in posizione seduta.

Mi sentivo insensibile dappertutto e non temevo nessun altro tentativo di infliggere dolore a me stesso.

Quindi, una catena di ciascun bracciale è stata legata alla barra superiore e tesa fino a quando mi sembrava di essere seduto con le gambe aperte, mentre il cavo mi sollevava fino a quando ero a circa un metro e mezzo dal livello del suolo.

"Cindy, proviamo questo prima della performance finale."

Angela lo menzionò a bassa voce e poi afferrò un cavo elettrico collegato al dispositivo sopra di me.

Quella che sembrava una scatola di controllo di qualche tipo era collegata al cavo attraverso il quale Angela iniziava a far scorrere le dita.

Prima mi hanno girato in senso orario e poi in senso antiorario a tutta velocità a varie velocità e poi ho anche tirato su e giù.

Soddisfatto, Angela ordinò a Cindy di preparare l'ultimo pezzo, che osservai dall'alto.

Trasportavano un palo tondo di acciaio pesante, lungo più di un metro e mezzo, in una posizione direttamente sotto di me e lo avvitavano in quello che pensavo fosse un foro di drenaggio incorporato nel cemento a livello del suolo.

Dopo essersi assicurato che fosse stretto e libero da movimenti lenti, Angela prese un cono di acciaio inossidabile da una scatola e iniziò ad avvitarlo sulla parte superiore del palo di metallo.

All'epoca, tutto ciò accadeva direttamente sotto il mio corpo, quindi ho dato una buona occhiata a ciò che veniva fatto e ciò che pensavo sarebbe accaduto, il che ha iniziato una sessione di combattimenti duri da parte mia poiché non volevo. essere parte di questo.

Angela afferrò immediatamente la base delle mie palle, mi strinse e colpì la sacca delle uova, che teneva in mano, il più forte possibile con il pugno destro, facendola urlare dentro il bavaglio, poiché tutto ciò che vidi erano punti neri lucidi davanti ai miei occhi.

"Smettila, Peter, o continuerò a picchiarti fino allo sfinimento. Capito?" Chiese Angela.

Mi sono fermato, ma per due motivi, uno dei quali era la minaccia di Angela e l'altro era il fatto che il mio corpo era completamente svuotato.

Non potevo più prenderlo perché la sospensione mi impediva e sapevo che, per il resto della notte, sarei rimasto appeso qui per sopportare il dolore.

Cercai di riprendere fiato mentre guardavo più da vicino il cono.

Sebbene fosse difficile da dire, la parte superiore era arrotondata e sembrava avere un diametro di circa mezzo pollice.

Questo è aumentato di circa dieci pollici di lunghezza per un diametro di circa due o tre pollici alla base, che mi sembrava essere di circa dieci piedi.

Cindy quindi coprì tutto con uno spesso strato di lubrificante e poi, mettendo una quantità sostanziale sulla punta delle sue dita, iniziò a strofinarmi l'ano.

Rise mentre sputava, cercando di inserire le dita in me, che all'improvviso finì dentro di me facendomi sussultare e gemere.

Mentre si stavano prendendo cura del mio culo, Angela ha collegato un lettore CD e testato rapidamente la sua canzone scelta per questo fottuto evento che ha creato, che sperava di tornare un giorno in natura.

Riconobbi immediatamente la musica ... e sapevo che il suo ritmo lento avrebbe eccitato tutte le signore, ma mi avrebbe causato molto dolore.

Il lettore CD era anche collegato alla scatola di controllo del dispositivo.

Angela aveva pre-registrato le prime battute strumentali della canzone e ora l'ha suonata per attirare l'attenzione delle Ladies per indicare che era pronta.

Ho visto le signore arrivare e in piedi a semicerchio intorno a me a circa un metro di distanza e ho visto Angela salutare la signora Lucy mentre spegneva la musica.

Onorevoli, questa è una breve presentazione di Angela e chiama The Final Suspension: il mio schiavo Peter non ne è stato informato fino a pochi minuti fa ed è un buon modo per il mio schiavo di sapere che dovrebbe aspettarsi sempre l'inaspettato. "

"Puoi andare su Angela." Disse Lucy.

"Grazie signora", rispose Angela. "Spero che ti piaccia lo spettacolo che chiamo The Final Suspension e che tutti gli uomini dovrebbero sopportare lo spettacolo al Piacere del Dolore."

Poi Angela si girò e si diresse verso la centralina di controllo e fece scattare alcuni interruttori, facendo abbassare Cindy e guidando il mio corpo verso il cono, che entrò a pochi centimetri dal mio culo.

Ho urlato nel bavaglio a questa penetrazione e allo stesso tempo ho notato che tutte le signore avevano afferrato le braccia e stavano osservando da vicino questa umiliazione del mio corpo.

Poi è iniziata la musica e per il primo minuto il mio corpo è stato sollevato di un pollice e lasciato cadere un pollice o due e è andato su e giù di nuovo tutto il tempo al ritmo della musica.

Le signore, a braccetto, sembravano anche muoversi al ritmo della musica il meglio che potevano fare.

Li ho anche sentiti gridare cose come "Questo dovrebbe accadere a tutti gli uomini", "Le donne governano", "Gli uomini sono feccia", "Lunga vita al piacere del dolore", con applausi e applausi per l'intera canzone.

Sapevo che Angela sarebbe stata ben ricompensata per questo, ma non potevo fare altro che stare lì a urlare ogni volta che ero penetrato in un territorio vergine per me stesso.

Durante il secondo minuto della canzone, avrei dovuto essere penetrato di tre o quattro pollici poiché non mi muovevo più su e giù, ma ora il cono veniva ruotato con piccoli movimenti a destra e sinistra.

Poi l'ultimo minuto ... è stato quello in cui ho urlato per l'intero minuto, minuto infinito che mi è sembrato.

Non solo è aumentata la rotazione del cono, ma anche il movimento su e giù.

Potevo solo sentire ruggiti di approvazione da parte della folla e sapevo che stavo iniziando a perdere conoscenza ad ogni battito e infine, con la fine della canzone, la rotazione si fermò e il mio corpo cadde sul cono; il mio peso più basso che potevo.

Poi ho urlato più forte di quanto avessi mai avuto in vita mia e poi sono svenuto.

***

Quando mi sono svegliato, ero solo ... non c'era nessuno.

Il giorno si era trasformato in notte, ma le luci della casa e della fattoria fornivano abbastanza luce per vedere dove fosse.

Mentre ero sdraiato sotto la cornice del patibolo, qualcuno mi aveva gettato una coperta sopra il corpo e mi guardavo attorno, non vi era alcuna indicazione che fosse mai avvenuta una sessione di alcun tipo.

Avresti immaginato tutto?

Quel pensiero è cambiato quando ho provato a muovermi e ho sentito tutto il dolore dentro il mio corpo.

Era libero dai miei legami e bavaglio, nudo sull'erba e non aveva idea di cosa fare.

La musica e le risate provenivano da casa, ma non volevo sapere nulla di tutto ciò e faticando ad alzarmi, andai all'edificio d'ingresso dove ero stato preparato.

Mi sono imbattuto nell'edificio e ho trovato la mia strada per la mia macchina, in cui sono entrato rapidamente e volevo iniziare, ma non sono riuscito a trovare le chiavi.

"Esci dalla macchina del ragazzo!"

Alzai lo sguardo e vidi Cindy vestita con una camicetta bianca e una gonna corta.

Senza reggiseno, Dio è bello, ho pensato, ma sapevo che non c'era niente che potessi fare in questo momento.

"Mi hai sentito ragazzo? Adesso scendi dall'auto. Gli uomini devono obbedire a tutte le femmine e questo significa Peter, ora uscirai di qui in macchina."

Ero troppo stanco per discutere o conoscevi il mio posto nel gruppo?

Comunque, sono uscito dalla macchina e ho visto Cindy che mi tendeva i vestiti da indossare.

"Ehi, quei vestiti sono miei! "Da dove l'hai preso?" Ho chiesto.

"Basta metterlo e salire in macchina, devo portarti a casa e prendermi cura di te. La signora Lucy era preoccupata per il tuo benessere."

Ero troppo stanco per dire qualcosa e grato che qualcuno mi portasse a casa.

Cindy parcheggiò su un lato del vialetto, senza scegliere di entrare o aprire il garage.

Le luci erano accese in casa e sapevo che non ne era rimasta nessuna, quindi mi sono reso conto che le mie chiavi erano state prese e che la casa era stata preparata durante la notte.

Dopo avermi messo in casa, Cindy mi portò in bagno e mi fece andare sotto la doccia, dove entrò con me.

Mi ha lavato, tenendomi vicino a lei ... sembrava così morbido e così bello che sapevo che presto il mio corpo sarebbe tornato alla normalità.

Mentre l'acqua schizzava su di noi, ho sentito un forte rumore nell'area della stanza.

"Cos'è stato? C'è qualcun altro qui?"

"Rilassati Peter. Quello era solo il sistema di raffreddamento centrale o qualcosa del genere. Hai avuto una giornata difficile. Asciugiamoci e sdraiamoci sul letto."

Mi trascinò delicatamente e mi asciugò baciando il mio corpo dove era dolorante o segnato e, infine, mi diede un duro bacio sulle labbra con la lingua che sembrava massaggiare il mio.

Oh dio, mi sta eccitando.

Nudi, andammo a braccetto nella stanza degli ospiti, che aveva tutte le luci accese.

Ho pensato che Cindy lo avesse fatto.

Quando entrammo, fui sorpreso di vedere la signora Lucy nuda sul letto che indossava nient'altro che un perizoma nero.

"Ah, ecco i miei due schiavi. Sembrano entrambi fantastici. Dai, Cindy e unisciti a me. No, non tu, Peter, non voglio uno schiavo. I tuoi servizi non saranno richiesti stasera, quindi vai nella stanza principale adesso!" "

Il mio cuore si abbassò più che mai quando sentii le sue parole e con la testa bassa andai nella mia stanza.

Era buio, così naturalmente ho acceso la luce e lì sul pavimento della stanza c'era Angela!

Era nuda con i polsini di metallo sui polsi chiusi dietro la schiena e anche sulle caviglie e sollevata in una posizione sottomessa avendo i suoi lunghi capelli legati con una corda strettamente legata alle sue caviglie.

Un bavaglio conteneva le sue grida smorzate quando mi vide prendere la sua bellezza e capire cosa sarebbe successo dopo.

Accanto c'era una piccola frusta di cuoio con un'unica coda intrecciata che sembrava una frusta in miniatura e in cima c'era una nota.

La nota era della signora Lucy e diceva semplicemente:

"Ricorda Peter, aspettati sempre l'imprevisto."

Quando ho sollevato la frusta, la mia virilità è tornata con forza e da quel momento ho saputo che non avrei mai smesso di appartenere al Piacere del Dolore.

FINE

SUSAN SCHIAVA

CAPITOLO I

La schiava Susan si svegliò con un delizioso bisogno di allattare il suo Maestro, ma fu scioccata nello scoprire che se n'era già andata.

Sul cuscino accanto a lei, invece, c'era un biglietto, una singola orchidea e un buono regalo per la sua giornata spa preferita.

Sbadigliò e si allungò, poi con entusiasmo lesse il messaggio.

"Voglio che tu passi la giornata in preparazione per Me. Non devi masturbarti oggi, dato che ti darò tutto ciò di cui hai bisogno in seguito. Stasera saremo al ballo di beneficenza, e poi, ti userò in tutti i modi, finché non sarò soddisfatto "

Susan sapeva che la nota del suo insegnante diceva molto di più di quanto dicesse perché conosceva il suo cuore.

In tre brevi frasi, la informò che quel giorno e quella sera sarebbero stati per il suo piacere e per lui, che non c'era parte di lei che non avrebbe spinto i suoi limiti e che lei avrebbe dovuto fare tutto il necessario per ottenerlo è stato il più piacevole possibile per lui.

Susan adorava compiacere il suo Maestro e rendeva sempre perfetto tutto tra loro.

Susan si alzò dal letto e si aggrovigliò i capelli in una spilla mentre andava in bagno.

Su un gancio appeso alla parte posteriore della porta c'erano l'abito, le calze e le scarpe che il Maestro Robert aveva scelto per lei da indossare.

Non c'erano mutande.

Susan sorrise, poi si lavò la faccia, si lavò i denti e, prima di tornare nella stanza, aprì il cassetto inferiore del comò, tirò fuori le palle cinesi e si tolse le mutandine perizoma in cui aveva dormito.

Il Maestro aveva detto che non c'era parte che non avrebbe usato.

Lentamente, mise le palle cinesi in posizione e immediatamente stava già immaginando il magnifico cazzo del suo Maestro ...

Indossò i pantaloncini di jeans e la camicia gialla abbottonata che il Maestro Robert aveva indossato la sera prima.

Le piaceva indossare i suoi vestiti.

Poteva così annusarlo su se stessa in quel modo.

Infilò i sandali, prese la carta regalo e partì rapidamente.

CAPITOLO II

Susan arrivò per scoprire che il Maestro Robert aveva sistemato tutto con le sue istruzioni, come faceva normalmente.

Le donne nella stanza non gli dissero nulla, ma continuarono semplicemente quello che stavano facendo.

Non era a disagio con ciò che il mondo percepiva come una relazione sottomessa, perché il mondo non sapeva nulla dell'amore che condivideva con il suo Maestro Robert.

"Sì, siamo padroni e schiavi" pensò mentre la manicure lavorava in piedi "Ma siamo anche marito e moglie, Robert e Susan, anime gemelle!" Non importava se il resto del mondo non lo capiva.

Semplicemente perché non avevano idea del vero amore tra di loro.

Con una manicure e una pedicure complete, è stata portata al bagno alla lavanda e alla vaniglia.

Questa era la sua parte preferita e il Maestro Robert lo sapeva.

È stato molto difficile per lei non regalarsi piacere quando è rimasta sola nel bagno profumato, ma sapeva che il suo Maestro l'avrebbe amata molto stanotte, quindi ha riposato senza avere un orgasmo in bagno.

Alla fine, girano i capelli, li lavano e li impilano in modo seducente sulla testa, fissandolo con la molletta che aveva comprato per loro al loro primo appuntamento.

Lei sorrise felicemente pensando al piacere che gli avrebbe procurato di rimuovere la forcina dai suoi capelli e vederlo cadere sulle sue spalle.

Questa sarebbe una notte da ricordare.

A casa, si truccò.

Poi c'erano le calze di seta e i tacchi neri di tre pollici che aveva comprato in Italia.

Si fermò lì per guardarsi allo specchio.

Mancava qualcosa.

Fu un breve pensiero che si allontanò rapidamente dalla sua mente.

Se avesse voluto di più, lo avrebbe previsto.

Si tolse le palle cinesi che l'avevano tenuta sull'orlo dell'orgasmo tutto il giorno, poi si fece scivolare il vestito delicato sopra la testa e lasciò che scivolasse sul suo corpo.

Era soddisfatta del modo in cui si guardava allo specchio e anche Robert lo sarebbe.

Un tocco del suo profumo preferito ed era pronta.

Prese l'orchidea che aveva galleggiato in una scodella d'acqua quella mattina e la infilò nel nodo dei capelli alla nuca.

Quando sentì la sua macchina sul vialetto, i suoi capezzoli si indurirono e la sua figa cominciò a pulsare.

Normalmente, lo avrebbe aspettato alla porta in ginocchio con il collo chinato, in modo che il suo corpo fosse completamente a sua disposizione.

Era molto ansiosa.

Si affrettò in fondo alle scale ad aspettarlo.

Quando entrò, era già arrossita per l'emozione e sentì il suo aspetto che gli piaceva mentre la fissava.

"Sembri delizioso, schiava Susan."

"Grazie, Maestro Robert, sono molto felice che tu sia soddisfatto."

"Sembra che tu abbia dimenticato qualcosa."

"Ho dimenticato qualcosa?"

Robert l'afferrò per il polso e la condusse su per le scale.

Sul cuscino dove erano stati la nota e il fiore, c'era la sua collana.

Fu sorpresa di non averlo notato prima e riconobbe immediatamente il suo errore.

Il maestro Robert le aveva sistemato il girocollo fatto a mano e la cravatta abbinata per lui.

Il suo girocollo conteneva metà di un cuore di cristallo che si abbinava perfettamente con l'altra metà che indossava.

Le aveva dato il giorno delle nozze.

Come era riuscito a non accorgersene?

I suoi capezzoli iniziarono ad allungarsi e la sua vagina pulsava quando si rese conto di quanto fosse grave l'errore.

Robert si slacciò la cintura.

"Ti amo, Susan, ma non posso permettere una tale disattenzione nella tua preparazione per Me."

"Sì, mio dolce possessore."

"Piegati e prendi le caviglie."

Non aveva bisogno di sentirsi dire di allargare le gambe, poiché era stata punita in questo modo in precedenza.

Al maestro Robert piaceva guardarla mentre la sculacciava.

Afferrò l'abito setoso e lentamente lo fece scivolare sulle gambe fino alla vita e, a causa della sua posizione, continuò a scivolare giù e intorno alle sue tette coprendosi un po 'sopra la testa e il viso.

Che spettacolo magnifico gli mostrò, vestito in modo così elegante, ma così arroccato.

Poteva vedere quanto fosse eccitata dal modo in cui l'umidità della sua figa brillava alla luce.

Si tolse la cintura che teneva in mano ripensandoci.

Sarebbe una lunga notte.

Si voltò e si avvicinò al suo lato del letto e, scrutando il cassetto del comodino, tirò fuori una frusta di cuoio che aveva usato spesso su di esso.

Aveva un manico lungo e nove sottili strisce di pelle morbida ed elastica appese all'estremità.

Era ben usato e apprezzato.

Tornò lentamente da lei, godendosi la bellissima immagine che aveva creato e osservando i cambiamenti in atto in lei.

Respirava pesantemente e faceva fatica a stare ferma.

"Ahhh, la mia schiava Susan, stasera mi divertirò!"

E con ciò, ha collegato tre ciglia veloci al suo culo che l'hanno fatta strillare di dolore e piacere.

Fece un passo indietro e osservò la velocità con cui le strisce rosse cominciavano ad apparire sul suo sedere.

"Merda!" Ha pensato a se stesso! "Come posso contenermi stasera?"

E con questo pensiero la soluzione è arrivata all'istante.

Lo avrebbe fatto subito prima della sessione della notte, solo una volta per uscirne.

Si strappò i pantaloni, tirò fuori il suo cazzo già rigido e lo spinse in profondità nella sua figa, non per piacere, ma per lubrificarlo.

Quello che desiderava di più in quel momento era rosso, stretto, lucido ed era pronto per questo.

Ritirò il suo cazzo dalla figa gocciolante della schiava Susan al suo sgomento e lo spinse in profondità nel suo culo in attesa.

L'urlo di "SÌ!" dalle sue labbra ha alimentato il suo fuoco e ha colpito follemente i suoi fianchi sollevati.

Tenendola stretta, non si fermò finché non fu pronto per esplodere.

Udì il proprio respiro ansimante e ansimante quando un sacco di sete setosa arrivò e gli attraversò il culo arrossato.

Quando tornò a se stesso, si rese conto che stava sfregando il suo sperma caldo nel tenero e desiderato culo della sua schiava Susan mentre lo ringraziava ancora e ancora.

"Stasera indosserò il mio smoking nero, Susan" e con ciò andò sotto la doccia mentre la schiava Susan indossava il girocollo e poi andava nell'armadio a prendere lo smoking.

Era molto scrupolosa e verificò due volte che tutto ciò di cui aveva bisogno lo stava aspettando quando uscì dalla doccia.

Posò ogni oggetto sul letto mentre pensava al modo in cui l'aveva appena usato, al modo meraviglioso in cui le sue palle le colpivano il clitoride mentre le devastava il sedere.

Era così persa nei suoi pensieri che non lo sentì alle sue spalle finché non la baciò dolcemente sul collo.

"Non voglio punirti, Susan, ma oh! Quanto sei squisito quando lo faccio."

"Grazie, maestro Robert."

CAPITOLO III

In macchina, il Maestro Robert fece scivolare la tunica lungo le gambe e allargò le cosce.

Le toccò la figa che ancora gocciolava, ma le proibì di venire.

La schiava Susan si dimenò sul sedile e fu felice di vedere la Sala in così poco tempo, poiché era sicura di non poter durare a lungo.

Le mise le dita in bocca perché le asciugasse con la lingua e le labbra mentre sbottonava i tre bottoncini sulla parte superiore del corpetto con l'altra mano.

"Lascialo così", disse, e poi la baciò teneramente sulle labbra, prima di dirle di aspettare che aprisse la porta.

All'interno della sala, è stata costretta a lasciare la sua parte frequentemente, ma era sempre in piena vista di lei.

La schiava Susan parlava educatamente con gli altri partecipanti, ma come al solito andava in posti più tranquilli ed era sola.

Il maestro Robert aveva una grande richiesta di attenzione e ammirava il modo in cui si gestiva in queste situazioni, così galante, così bello.

Quando le è stato chiesto di ballare, ha guardato a lui come guida.

Fu compreso tra loro che c'erano volte in cui era necessaria un'accettazione cortese, ma lei aspettava sempre il suo consenso prima di accettare e poteva quasi sempre contare su di Lui per interrompere ciò che stava facendo.

Stasera, tuttavia, ha aspettato il suo Maestro Robert, respingendo le offerte anche quando ha approvato.

Dopo il terzo rifiuto, si fece strada attraverso la stanza verso di lei.

"Stai bene amore mio?"

"Sì."

"Perché non balli?"

"Perché, voglio solo ballare con te stasera."

"Allora Susan, avrai il tuo desiderio."

Le fece scivolare una mano intorno alla vita e la appoggiò delicatamente sulla schiena per portarla sulla pista da ballo.

Tenendola stretta, ballò con lei.

Guardandola come se fosse l'unica donna al mondo, le tormentò la pelle con gli occhi e la persuase sull'orlo della felicità con sussurri di come l'avrebbe usata in seguito.

"Portami a casa?" Gli sussurrò.

La prese per mano e la condusse attraverso la folla.

In macchina si baciarono appassionatamente e la schiava Susan sussurrò il desiderio del suo cuore.

"Ho bisogno del mio maestro Robert."

Robert rispose sbottonandosi i pantaloni e permettendole di allattarlo mentre tornava a casa.

CAPITOLO IV

Sul vialetto, dopo aver spento la macchina, la lasciò lì godendosi il modo affamato che stava divorando il suo cazzo.

La fece fermare abbastanza a lungo da far scivolare il vestito sopra la testa e gettarlo sul sedile posteriore.

Quindi tirò indietro il sedile e le tolse la spilla dai capelli, lasciandolo cadere sulle spalle.

Amava i suoi capelli neri, il modo in cui le cadevano sul viso e sulle spalle e il modo in cui lei si riempiva i pugni quando lo afferrò.

Robert la osservò a lungo, meravigliandosi del modo in cui adorava il suo cazzo, succhiandolo come se fosse il suo sostentamento.

Quando la sua voglia di venire era maggiore della sua moderazione, seppellì le mani tra i capelli e costrinse il suo cazzo in profondità nella sua gola.

Entrò e lasciò la bocca e la gola con un profondo bisogno che lei minacciò di divorare.

Lo schiavo Susan tremò tra le sue mani e si rese conto che la sua liberazione avrebbe provocato le sue.

Un'ultima profonda spinta nella sua gola ed esplose in estasi.

Ogni getto di latte caldo scuoteva il suo corpo con uno spasmo uguale al suo.

Erano padrone e schiavo e tuttavia lo erano.

Un corpo ...

Un bellissimo spasmo del latte ...

L'amore di uno!

CAPITOLO V

La schiava Susan aprì gli occhi quando il Maestro Robert aprì la porta.

Tese la mano e l'aiutò a uscire dall'auto.

Era in piedi davanti a lui alla luce della luna, il vestito lungo fino alle cosce, le scarpe di seta e il girocollo che conteneva mezzo cuore di cristallo.

La luce della luna e le stelle le danzavano sulla pelle e lui fece un respiro profondo alla sua vista.

"Vieni amore mio, la nostra notte è appena iniziata."

La condusse all'interno e nella stanza, dove aprì le porte del balcone per far entrare la brezza dell'oceano.

Prese il suo girocollo e lo sostituì con la sua collana, quindi la guidò verso il letto dove lo vendette.

"Sdraiati. Voglio sentire il tuo corpo sottomettersi a Me" sussurrò.

Lei fece come le era stato chiesto e poi aspettò il suo prossimo ordine.

Quando nessuno arrivò, cercò di calmare il respiro, provò a sentirlo nella stanza.

Dove potrebbe essere?

Cosa fai?

La sua mente corse, anticipando i suoi piani per lei.

Aspettò quella che sembrava un'eternità, pensando di poterlo sentire respirare, ma mai del tutto sicuro.

Quando alla fine pensò che una sculacciata per la disobbedienza fosse meglio che aspettare un secondo di più, prese la benda, ma invece di lasciarla finire nei guai, disse: "Toccami".

Tre parole, tre parole minuscole, accesero in lei un fuoco che non aveva mai sentito prima.

Immediatamente, le sue mani furono sul suo corpo, una sul suo petto e una tra le sue gambe.

In pochi secondi, si contorceva fino all'orgasmo, le gambe divaricate, le ginocchia allargate, le dita che si scopavano furiosamente la figa per il cumming, la schiena inarcata fino a quando nient'altro che il culo e la parte posteriore della sua testa toccavano il letto.

"Sì! Robert! Oh, il mio insegnante Robert! Sì! Sì! Sì!"

Non era completamente al di sotto della sua altezza dopo averla ascoltata di nuovo:

"Ancora. Fallo di nuovo."

Rotolò sullo stomaco e mise le ginocchia sotto il corpo spingendo il culo in aria per fargli vedere.

Seppellì le dita nella figa il più profondamente possibile e si masturbò ancora una volta per divertimento del suo Maestro.

Quando è arrivato, è durato molto più a lungo del primo.

Raggiunse il suo posto magico ancora e ancora fino a quando, finalmente, correndo e correndo lungo l'interno delle sue cosce, iniziò a chiedere pietà.

Voltandosi sulla schiena, urlò:

"Robert! Oh Robert! Per favore! Per favore! Per favore, scopami adesso!"

Non mostrò pietà quando la afferrò e la fece rotolare sul suo stomaco.

Riconobbe la sua frusta nel momento in cui entrò in contatto con la sua pelle.

"Grazie, Maestro! Grazie per la tua generosità. Grazie per avermi permesso di venire. Grazie per amarmi abbastanza da punirmi quando non ti mostro il giusto rispetto."

Ogni colpo ha ricevuto la gratitudine che avrebbe dovuto esprimere quando le ha permesso di venire.

Non poteva più contenere se stesso!

La cavalcava com'era, sottosopra e bagnata dal bisogno.

Le scivolò dentro così facilmente che pensò che l'avrebbe fatta a pezzi.

Le prese due mani piene di capelli e le pompò febbrilmente.

Lo stava ancora ringraziando quando sentì il membro dentro di sé.

La gettò e la attorcigliò dentro e lei si contorse sotto di Lui, aspettando che Lui le desse ciò di cui aveva bisogno.

La afferrò attraverso il suo orgasmo, senza mai rallentare o fermarsi finché alla fine anche lui stava correndo, nel profondo della sua pancia.

Giaceva sotto di lui, mungendo il suo cazzo con la sua figa e sussurrando ripetutamente, "Grazie, grazie, mio dolce possessore", mentre il suo Maestro Robert mormorava affascinanti elogi nell'orecchio.

Il costante strattonare della sua figa sul suo cazzo lo teneva in posizione verticale e presto i suoi fianchi si muovevano di nuovo.

Amava il modo in cui i suoi desideri e bisogni corrispondevano ai suoi.

Si diede a Lui così completamente che non ci fu mai un momento in cui uno dei due si saziasse prima che i bisogni dell'altro fossero stati soddisfatti.

All'inizio, il suo corpo a volte faceva male al suo lungo, grosso cazzo e alla sua forte pretesa prima che fosse pienamente soddisfatto, ma ora il suo corpo, la sua pancia, la sua stessa anima si adattavano a lui come un guanto e il dolore del suo amore era apparente solo il giorno successivo.

Era sua in ogni modo ed era contenta quanto lui.

Robert era affascinato da quanto velocemente fosse di nuovo pronto per lei.

Le fece scivolare le mani sulle braccia e le prese per i polsi.

Li tenne insieme sopra la testa mentre allungava la mano nel cassetto del comodino e recuperava i pugni.

Dopo aver legato i suoi polsi, tirò fuori il suo cazzo dalla sua fica affamata per andare nell'armadio con una corda.

Si legò la corda ai polsi per usarla come una cinghia.

Ancora con gli occhi bendati, respirava affannosamente e sapeva che aveva bisogno.

Prese di nuovo il cassetto e tirò fuori un anello per la bocca.

"Apri la bocca, schiava Susan."

Ha fatto ciò che lui ha chiesto senza dubbio, perché entrambi conoscevano il significato della loro relazione.

Si mise l'O-ring in bocca e se lo fissò saldamente intorno alla testa.

Quindi la prese dal letto e la mise in ginocchio.

Ciò che doveva seguire non era una punizione, ma per piacere e la schiava Susan aveva rapidamente imparato che c'era una differenza.

Tenendola per i capelli, il Maestro Robert spinse il suo cazzo attraverso il bavaglio e nella gola dello schiavo Susan.

La tenne lì finché non si imbavagliò e poi la tirò fuori.

La spinse di nuovo e la tenne stretta, ma in pochi secondi lei si stava di nuovo soffocando.

Lo tirò fuori e attese.

Quando il suo respiro si stabilizzò, la spinse indietro.

Questa volta è stata in grado di trattenerlo senza vomitare.

Non l'ha pompata, non si è nemmeno mossa, ma ha lasciato il suo cazzo in gola fino a quando lei ha iniziato a contorcersi.

Quando i suoi colpi di scena si trasformarono in una rissa, tirò fuori il suo cazzo e le accarezzò i capelli.

"Questa è la mia ragazza!" Disse con orgoglio. "Questa è la mia dolce ragazza."

Quelle tenere parole fecero sì che i capezzoli della schiava Susan attirassero forte e la sua figa si inumidisse di bisogno.

Il maestro Robert stava allenando il suo odalisque per liberare tutto il suo cazzo senza bavaglio.

Era una questione di pazienza e pratica, ma stava migliorando sempre di più.

Ci sono stati momenti in cui non è mai stata soffocata e quando è successo, è stato ben ricompensato.

Il maestro Robert spostò la corda di piombo nella sua collana e la fece tornare a letto.

"Mi vuoi Susan schiava?"

Sì, la sua risposta fu con un cenno del capo.

"Hai bisogno del mio schiavo Susan?"

Sì di nuovo

"Vedremo se è così?"

Robert legò la corda alla testiera e fece sì che l'altra estremità formasse una corda che gli scivolò sopra la testa e intorno alla gola.

Quindi ha deciso di misurare la necessità della sua schiava Susan.

Tra le sue gambe, scivolò in una posizione per portarle il clitoride palpitante alla bocca.

La succhiava dolcemente, allo stesso modo in cui lei succhia lui quando lui la succhia.

I fianchi dello schiavo Susan cominciarono a rotolare e spingere.

Incapace di parlare all'anello della bocca, ansimò e gemette semplicemente.

Quando fu molto vicina al cumming, lui si ritrasse, costringendola a scivolare verso di lui e di conseguenza stringendo il collo sulla corda.

Il maestro Robert la fece sentire squisita.

Lo leccò lentamente dal fondo al clitoride, quindi disegnò dei cerchi pigri attorno al clitoride con la lingua.

Ciò che le ha fatto è stato esasperante, eppure molto meraviglioso, finché non si è ritirato di nuovo.

La schiava Susan scivolò giù per ottenere la pressione di cui aveva bisogno dalla sua lingua sul suo clitoride.

Oh, se potesse venire subito!

Ora che la corda era tesa e non c'era più gioco, il Maestro Robert si alzò e seppellì il suo cazzo duro nella fica gocciolante della schiava Susan.

Le spinse indietro le gambe e la scopò profondamente, colpendo il posto che le dava tanto piacere, mordendosi le tette che gli appartenevano e succhiandole i capezzoli sempre più duramente, ma quando iniziò a tremare e gemere sotto di lui, tornò indietreggiare, dandogli solo la testa di glande e nient'altro.

"NO!" lei ha pensato.

La benda, l'anello della bocca, non riusciva a vedere o parlare per chiedere misericordia o per dirgli del suo bisogno, così mise i talloni sul letto e si costrinse a scendere dal letto verso il suo cazzo che amava così tanto.

Ora non riusciva a respirare e la tensione della corda aveva la testa inclinata verso l'alto e lateralmente, ma doveva farlo.

Doveva sentirlo dentro di sé.

Era così vicino!

Non poteva smettere ora.

Il maestro Robert sorrise compiaciuto.

Avrebbe avuto ciò di cui aveva disperatamente bisogno o sarebbe morta, e quello era Lui.

Lo amava più dell'aria che respirava e questo gli bastava.

Quindi, si sdraiò completamente su di lei e cominciò a spingerla forte e profondamente contro di lei, succhiandole le spalle e mordendole la mascella.

Quando sentì le gambe attorno a lui e il suo corpo cominciò a tremare, afferrò la corda e le tirò entrambe sul letto, lasciando che l'aria tornasse alla sua bocca aperta.

Guardarla ansimare e piangere e sentire la sua figa stringersi e contrarsi sul suo cazzo era più di quanto potesse sopportare.

Saltò in piedi e prese il suo cazzo in mano.

Lo pompò furiosamente fino a quando finalmente arrivò, sparando scoppio dopo scoppio di sperma attraverso l'anello e nella bocca della schiava Susan.

"O si!" Pensò la prima volta che lo provò con la lingua: "SÌ! Il suo corpo, che non si era ancora completamente ripreso dal suo Maestro, ora era di nuovo pieno di piacere.

Ancora e ancora, come le onde sulla riva, è venuto per lui.

Era la sua anima gemella in ogni modo, e insieme raggiunsero altezze di pura estasi.

Il maestro Robert rimosse la benda e continuò a pompare il suo cazzo duro ed eretto.

Quando gli occhi di Jennifer si adattarono alla luce, vide il suo Maestro riempirsi la bocca con il suo seme.

Quindi tolse il bavaglio e le permise di assaporare il suo dono mentre continuava a liberare le sue mani e rimuovere le calze, le scarpe e infine la collana.

Il maestro Robert la prese tra le braccia e l'abbracciò forte.

Le sussurrò il suo nome e le disse che era sua e che l'amava senza trattenersi.

Rimase tremante tra le sue braccia e lui la tirò ancora più vicino, assicurandole che era preziosa e protetta.

Quando il suo corpo stanco smise di tremare, si addormentò pacificamente nel dolce abbraccio del suo Maestro.

CAPITOLO VI

Si svegliò quando la prese e la condusse nella vasca.

Entrò in lei e la cullò tra le sue braccia mentre affondavano nell'acqua calda e piena di vapore.

Era magnifico e sorrise ricordando quanto si fossero divertiti così a lungo nella vasca da bagno fatta a mano.

Il maestro Robert la fece il bagno delicatamente come se fosse una bambina appena nata.

Le lavò i capelli e prestò particolare attenzione alla sua figa e al suo culo sensibili.

Le strofinò il collo e le spalle con le mani insaponate, trascinandole lungo la schiena e sul fondo che impastò come un impasto.

Il bagno degli schiavi era un rituale su cui insisteva, il che la rendeva molto più significativa.

Era bello ed era così felice che non riusciva a trattenere le lacrime mentre lui non poteva notare la differenza tra le lacrime e le gocce d'acqua.

Quando la asciugò e le pettinò i capelli, tolse la coperta e strisciarono tra le lenzuola fredde senza dire una parola.

Non c'era nulla da dire che i corpi non si fossero detti.

Come la sua routine notturna, Robert le lesse mentre tracciava il suo corpo con la punta delle dita.

E con il permesso già concesso, lo allattò fino a quando non si allontanò in un mondo da sogno diventato realtà.

FINE

SPOGLIATI, TI ORDINO

"Vieni qui."

Ho guardato Sonya negli ultimi minuti.

Ho chiuso il libro con il dito, segnando il mio punto.

È a piedi nudi in jeans.

Così,

"Sonya, vieni qui."

Ho messo il libro sul tavolino, ho incrociato le gambe e ho teso le mani.

Mi si è avvicinata, mi si è messa accanto, ho messo le mani sui fianchi e mi sono chinata per baciarmi.

La bacio un attimo, le sue labbra sono calde e morbide, ma mi allontano.

Lei è nervosa.

Prendo il primo bottone dei suoi jeans tra le dita e lo apro, abbassando la cerniera.

"Togliti questo."

Comincia a parlare e ...

"Silenzio, Sonya, toglili ora, non dire niente."

Deglutisce e qualcosa brilla tra di noi.

Si toglie i jeans, li sposta sui fianchi sottili, li tira fuori e li prende a calci.

Metto il dito sul suo ombelico, lo trascino sull'orlo delle sue mutandine.

"E anche questo."

Lo fa.

Li spinge verso il basso con i pollici, li calcia.

Faccio scorrere la punta delle dita sul suo ventre, sulla parte anteriore delle sue cosce, le prendo di nuovo i fianchi tra le mani e la tiro verso di me, le sue gambe divaricate per sostenermi, può starmi sopra nella grande poltrona di pelle.

Tiro i suoi fianchi verso di me, adattandola, allargando le cosce, e lei fa scorrere le dita tra i miei capelli, mi tiene la parte posteriore della testa e devo solo inclinare un po 'il collo.

È così piccola che siamo quasi all'altezza degli occhi in questo modo, e le ho lasciato avvicinare la mia testa e lei ha messo la sua bocca sulla mia, inclinando la testa di lato per un bacio dolce, ma si sente un po 'incapace. , un po 'distratto.

Non so perché, ma si sente un po '... distante.

Avvicino la mia bocca al suo orecchio e sussurro.

"Se la tua vagina mi penetra nei pantaloni, ti sculterò finché non piangerai."

La bocca di Sonya si apre leggermente per la sorpresa, e passo le mie mani sui suoi fianchi, sulle sue costole, e prendo i suoi seni nei miei palmi, catturando i suoi piccoli capezzoli sensibili e tirandola a me con i delicati boccioli.

Sonya inizia a urlare, ma io appoggio la mia bocca sulla sua e la bacio forte, i miei denti entrano in collisione con i suoi, appiattendo le sue labbra, facendo scorrere la mia lingua sui suoi denti e vorticando nella sua bocca.

Non le lascio andare i capezzoli e le rende difficile concentrarsi sul bacio, ma non mi arrendo, tenendola lì, dimenandomi in grembo, le sue cosce tremano, incapace di staccarsi dal bacio o dal dolore intenso nei suoi capezzoli.

Quando alla fine ho ceduto, lei si è lasciata sfuggire un piccolo singhiozzo, ho messo le mani sui suoi capezzoli e li ho sentiti gonfiarsi, riscaldarsi e indurirsi subito.

Li ho massaggiati un po 'e ho guardato il viso di Sonya.

Mi sta guardando e io sorrido un po ', adesso è decisamente qui.

Le metto le mani sulla schiena e la attiro a me, la bacio dolcemente ora, e lei sta di nuovo singhiozzando, la sua bocca morbida e aperta, e le nostre bocche si muovono insieme, le lingue si toccano, girano, si ritirano.

"Non credo che ce la farai."

Dico, le mie labbra ancora sulle sue.

I suoi occhi si spalancano, ma siamo troppo vicini. La bacio di nuovo.

"Non credo che una ragazza sporca come te possa capirlo. Penso che la tua piccola figa sia già bagnata, aperta e tremante."

Spingo le mie dita nei capelli puliti, sciolti e profumati di Sonya e le massaggio la parte posteriore del collo.

Sonya geme nella mia bocca.

La sua lingua si muove dolcemente sulle mie labbra, e io faccio lo stesso con lei, e alzo un po 'per vedere il suo viso.

"Penso che farai un casino tra le tue cosce e nei miei pantaloni. Penso che probabilmente stai già gocciolando, e se mettessi la mia mano tra le tue gambe, le mie dita uscirebbero completamente bagnate, perché sei una ragazza sporca, giusto? Ti sculterò e dovrai accettarlo, perché è quello che succede alle troie come te che non possono impedire alla loro vagina di sporcarsi. "

Sonya sta premendo verso di me, sono sicuro che non lo sappia.

Non ancora.

Questo è solo il tuo istinto di avvicinarti.

Ho messo le mani sulla sua schiena in grandi cerchi.

È calda e morbida, ei suoi capelli mi cadono sul viso, nascondendoci entrambi.

"Forse dopo averti sculacciato, ti scoperò. La tua vagina sarà ancora bagnata, perché sei una ragazzina che non può farci niente, e posso metterti a terra sulle tue mani e sulle ginocchia, e così far scivolare il mio cazzo dentro di te. Scommetto che la pancia sarà calda e rosa e lo sentirò sulle mie cosce quando sarò completamente dentro di te ".

Sonya emette piccoli suoni ansimanti e occasionali gemiti, ei suoi fianchi si stanno muovendo più deliberatamente ora.

La bacio profondamente, succhiandole le labbra e ficcandomi la lingua in bocca, facendola seguire.

Le prendo il viso tra le mani, le impedisco di andare avanti e la stuzzico un po ', le nostre labbra si toccano appena.

"O forse immergo le mie dita nella tua figa e mi strofino la testa del cazzo e il membro, poi metto la mano sulla parte bassa della schiena per inclinare il sedere verso di me, prenderò il mio cazzo con la mano e Mi dirigerò verso il tuo piccolo buco del culo stretto, mi fermerò a pensarci un secondo prima di farlo scivolare su per il culo, su per la pancia e sarai felice di essere una piccola puttana gocciolante. che sei così bagnato che il mio cazzo è molto scivoloso per il latte della tua vagina, e posso farlo scivolare direttamente nel tuo buco caldo, anche se è spesso e fa male, e devo avvolgerti i capelli nella mia mano per tenerti così, e ti brucia e ti fa venire i crampi alla pancia, sei una ragazza bagnata sporca, il mio cazzo entra nel tuo piccolo buco di presa, tutto bagnato e scivoloso e duro e lungo e spesso e caldo e sono così eccitato che scommetto Questo attira la tua attenzione, non è vero, piccola puttana? Non è baby? Non è così? "

Sonya annuisce, ma non riesce a parlare, e faccio scorrere le mani sui fianchi e sulle costole, e sulla pancia, le sollevo i seni e la bacio dolcemente, ma le prendo i capezzoli con le dita.

Ancora una volta posso chiaramente sentire che sono ancora duri, caldi e gonfi.

Li prendo saldamente tra le dita e la tiro verso di me.

Non c'è nessun posto dove andare, e lei sta singhiozzando di nuovo, nella mia bocca.

Tengo il suo labbro inferiore tra le mie labbra e le bacio la guancia, il suo orecchio e il suo collo, lei urla e non può scappare o allontanarsi dalla pressione sui suoi capezzoli.

Gli metto la bocca vicino all'orecchio e gli dico ...

"Ti ho fatto una domanda, Sonya. Ti ho chiesto se mi avresti prestato tutta la tua attenzione se ti avessi sculacciato perché sei una troia con una fica bagnata sporca, e ho messo le mie dita nella tua fica bagnata e ho bagnato il mio cazzo, e l'ho messo nel tuo Culetto stretto finché la pancia non si contrae. È quello che ti ho chiesto, e devi rispondermi. Devi rispondermi o dovrò punirti di più piccola, dovrò, piccola puttana, sporca ragazzina, quindi dimmi, rispondimi Sonya, dimmi che io ... "

"Sì!" Un piccolo grido uscì dalla sua gola.

"Sì, quella Sonya?"

"Sì! Sono così, lo farò Steve, per favore!"

Le sorrido al collo e le bacio la gola, le succhio il lobo dell'orecchio e le stringo i capezzoli più forte, tirando un altro sospiro.

"Non è una risposta da gattina. Voglio sapere cosa dovrei fare per ottenere la tua piena attenzione. Voglio sapere se ti ho sculacciato perché non puoi impedire alla tua vagina di colare nei miei pantaloni, perché sei così bagnata che non puoi fare a meno di inzuppare la tua piccola figa che fa un casino. E se ti sculacciasse per questo, e infilassi le mie dita nella tua piccola figa disordinata per bagnarle, e mi asciugassi le dita sul mio cazzo in modo che fosse totalmente scivoloso, e ti mettessi in ginocchio sul pavimento, per Fottendo il tuo culetto stretto con il mio grosso cazzo duro, avrei la tua completa attenzione? "

Lascio andare i capezzoli di Sonya, ma ci appoggio di nuovo i palmi delle mani, e Sonya piange, e li sento gonfiarsi e indurirsi ancora di più mentre il sangue scorre dai picchi tormentati, e posso chiaramente sentire il calore quando lei si incurvano, si raggrinziscono e si induriscono.

Sonya respira dalla sua bocca, i suoi occhi tremano un po ', le accarezzo il collo e la stringo delicatamente, le porto la testa sulla spalla, le bacio il collo, il suo orecchio, la calmo un po'.

"Shhhh. Shhhh adesso piccola. Ci stai provando, vero? Ma non puoi fare a meno di essere una ragazza così sporca. Una dolce puttanella sporca, puoi micio?"

Trovo la sua bocca, la bacio dolcemente, la mia lingua scivola sulle sue labbra, e la accarezzo con il palmo della mano, le dita spalancate.

"Sei una piccola puttana disordinata?"

Sonya annuisce, la sua fronte sepolta nel mio collo.

"Dimmi, Sonya, dimmi che lo sei. Dillo."

Le ciglia di Sonya svolazzano contro la mia guancia, e lei sussurra, quasi senza fiato, che sì, è una puttana disordinata, è la mia sporca ragazza, e per favore, per favore, solo per favore.

Trovo di nuovo i suoi capezzoli con i miei palmi, e sono così duri e teneri, Sonya salta un po ', e alzo la sua maglietta abbastanza in alto da prenderli in bocca, uno, poi l'altro, delicatamente, e succhiarli e leccarli un po', disegnare dentro di loro con la mia lingua, pulsando e succhiando più forte, e tirando, e Sonya geme, e io li allargo un po ', catturato con i denti, e li lascio brillare e bagnare, e così rumorosi, e sono del colore di un rosa in profondità.

Sento le cosce di Sonya flettersi e rilasciare, i suoi fianchi si muovono lentamente e i suoi occhi si chiudono.

Spingo di nuovo le mani sulle sue costole, questa volta portando con sé la sua maglietta, e Sonya le solleva le mani e la tira fuori, sopra la sua testa, e ora è nuda, tutta morbida e calda.

Inspiro e lecco di nuovo i suoi capezzoli, catturandoli nella mia bocca con i denti, e Sonya respira dentro di me, ei suoi fianchi oscillano.

Il mio cazzo è duro e spesso, e quando Sonya gira di nuovo la pancia verso di me, le prendo i fianchi e la tiro più vicino, e il suo tumulo nudo preme contro il mio cazzo, contro il tessuto ruvido dei miei jeans, e lei sussulta un po '. .

Spingo i miei fianchi in avanti, e so che lei può sentire quanto sono duro, quanto mi sta facendo, e fa un piccolo gemito, un gemito e un po 'di frustrazione.

La prendo forte per i fianchi, la tiro e la faccio premere contro di me la sua morbida fichetta, facendole un po 'male, prendendo la sua bocca con la mia bocca, facendola gemere dentro di me.

"Alzarsi."

Le sto ancora tirando i fianchi e la bacio, ed è un po 'confusa, ma non la spingo, né le tolgo la bocca, mi bacia dolcemente e profondamente, le do solo un minuto e lo ripeto, con calma, e lei mi guarda ed esita, ma si mette le mani sulle spalle e si alza, un po 'arrossata, un po' selvaggia, i suoi capelli una nuvola scura aggrovigliata intorno al viso, il collo e il seno sono arrossati e le sue labbra sono gonfie e rosa scura per i baci, e mi rendo conto di aver fissato la sua bocca quando sorride, solo un po '.

È nuda e sembra leggera, morbida e vulnerabile in piedi di fronte a me.

Ho sistemato il mio cazzo nei miei jeans e gli occhi di Sonya sono caduti sulla mia mano, e vedo i suoi occhi spalancarsi un po 'quando guarda.

"Guarda questo."

Sonya non dice niente e indico i miei jeans.

"Guarda questo casino, Sonya. Mi hai gocciolato sui pantaloni."

Mi affretto in avanti sulla sedia, le allungo una mano e le faccio scorrere le dita all'interno della coscia.

Le mie dita scivolano facilmente lungo la sua pelle.

È un bel pasticcio.

Le accarezzo un po 'l'interno della coscia e le mostro le dita.

"Dai un'occhiata. Piccola puttana bagnata e disordinata. E sono solo le tue cosce. Non ti ho ancora nemmeno toccato la figa. Scommetto che è tutto scivoloso, fradicio e disordinato, giusto?"

Sonya annuisce, i suoi occhi sono grandi e le sue labbra sono aperte.

I suoi capezzoli sono rigidi e rosa scuro.

"Metti le mani dietro la schiena."

Lei lo fa, e io mi chino di nuovo in avanti, tengo gli occhi sui suoi e metto la mia mano sulla sua parte interna della coscia, il mio palmo questa volta, e lo faccio scorrere verso l'alto, e prendo la sua morbida fighetta nuda nella mia mano, ed è un disastro, è bagnata fradicia e la sua piccola figa si apre facilmente sotto la mia mano, si appiattisce un po 'e si allarga, e le mie due dita medie scavano nella sua figa..

Sonya respira tremando mentre le mie dita scivolano dentro di lei, fino a quando il mio palmo è contro il suo clitoride ed entrambe le mie dita sono saldamente racchiuse nella sua morbida guaina calda.

Faccio scorrere i polpastrelli lungo la parete anteriore sensibile della sua figa, profondamente, stringendo un po 'il palmo, e le ginocchia di Sonya cedono un po', e tiro lentamente le mie dita dal suo corpo e le mostro mentre sono in piedi.

Le mie dita sono lucide e scivolose e il mio palmo è bagnato.

"Guarda questo casino che hai fatto piccola puttana, guarda la tua piccola fessura disordinata, la tua piccola cagna bagnata che perde, la tua piccola figa che non puoi controllare."

Prendo un piccolo capezzolo duro con le mie dita bagnate e lo riempio con i suoi succhi, e gli occhi di Sonya tremano un po 'mentre lo spingo più forte, tenendomi più stretto attraverso la macchia, lasciando che il piccolo becco mi scivoli fuori dalla bocca. dita prima di catturarlo di nuovo.

Le dico di voltarsi, e lei lo fa, e io le sto molto vicino dietro di lei, le scorgo i capelli di lato, le bacio un po 'il collo, le faccio scivolare la mano lungo le costole e le catturo l'altro piccolo capezzolo sporgente le mie dita bagnate.

L'altra mano ruota intorno ai suoi fianchi, e tra le sue gambe, e trovo il suo clitoride, lo arrotolo e premo un po ', scuoto le dita e corro su e giù per la sua fessura con la punta delle dita, e trovo il suo clitoride. di nuovo, e lo strappo e lo accarezzo più velocemente, e un po 'troppo forte, e mi bagna le dita più che posso e accarezzo tutto il suo piccolo tumulo liscio, e mi tuffo di nuovo nella sua figa, facendo scivolare le mie dita dentro e fuori da lei si piega e scende per tutta la lunghezza della sua piccola fessura gocciolante, e poi di nuovo al suo clitoride, veloce, liscio e leggero, e poi più forte, tirandola verso di me, i denti sulla sua spalla, il suo culo che preme contro di me, sapendo puoi sentire il mio cazzo stringersi nei miei jeans.

La bocca di Sonya è aperta e bagnata, i suoi occhi sono chiusi e si concentra sui sentimenti che la attraversano, le mie dita scivolano sul suo clitoride e lo accarezzano senza sosta ora, e io la voglio vicino e la voglio nervosa, perché Voglio sculacciarla e scoparla sul pavimento.

La premo da dietro mentre le mie dita scivolano e scavano, accarezzano, giocano e strofinano il suo piccolo clitoride.

Sposto l'altra mano dal suo petto e faccio scorrere le unghie sulle sue costole, sul suo ventre, intorno ai suoi fianchi e sul suo culetto caldo, lungo la sua schiena e fino ai suoi capelli.

Afferro una manciata dei suoi bei capelli scuri e le tiro indietro la testa, avvicinando la mia bocca al suo orecchio.

Sonya sussulta, geme un po 'e muove i fianchi in modo che le mie dita si muovano per il suo piacere, ma mi sono fermato, ho tirato le mie dita dalla sua piccola fighetta e le ho asciugate sulla sua pancia, facendole sentire quanto fosse bagnata e scivolosa. che era, quanto era disordinato.

"Ho intenzione di sculacciarti Sonya."

E non posso evitare il ringhio nella mia voce, il mio cuore batte forte e non riesco a pensare a un modo per avvicinarmi abbastanza a lei.

Voglio leccarla e baciarla e ferirla, amarla e scoparla.

Voglio davvero scoparla.

Il mio cazzo è così duro che fa male e lei non è l'unica a fare un casino laggiù.

La prendo per i capelli, forte, e lei solleva un po 'le dita dei piedi, slaccia la cintura con una mano e la fa passare attraverso i lacci.

La spingo in avanti, finché non è contro il muro, e premo il mio peso contro di lei, appoggio la testa di lato per baciarla sul collo, le mordo di nuovo la spalla e passo la mano che tiene la cintura su e giù il suo fianco.

In modo che possa sentire la mia mano calda e la pelle fresca.

Le giro la testa con la mano ancora avvolta nei suoi capelli per baciarla, chinandomi quasi per raggiungere la sua bocca, allungandole il collo, teso, raggiungendomi, le sue labbra calde e bagnate e la bocca aperta.

Mi sento come se stessi annegando.

"Voglio." Dico, e lei sa cosa intendo.

"Lo so baby." Dice, e poi sussulta, mentre le pizzico i capelli e le inclino la testa all'indietro.

Le lecco il collo e sento la mia lingua passare sui suoi tendini e sulla sua carne morbida, lecco leggermente l'angolo della sua mascella e la bacio dietro l'orecchio.

Mi piace un po 'il sapore del sale sulla sua pelle.

"Shhhh, adesso." Dico.

Mi allontano da lei e lei non mi guarda, ma appoggia leggermente le mani sul muro, all'altezza delle spalle, e resta immobile, solo la punta delle dita sulla superficie fredda.

Riesco a vedere il suo respiro più profondo e rabbrividisce, e so che non è per il freddo.

I suoi piedi e le caviglie sono uniti e solleva un po 'il peso da un lato all'altro, e penso che debba essere in grado di sentire quanto sia bagnato tra le sue cosce quando lo fa.

La lascio così e aspetto a lungo, anche se sarà solo un momento, e vedo i muscoli lisci dei suoi polpacci flettersi, e lei sta in punta di piedi e le sue dita premono contro il muro.

Stiamo entrambi aspettando. e questo quasi troppo delizioso, e anche da qui posso vedere un battito in gola.

Sonya aspetta, nuda, snella e dritta, le dita dei piedi alte, la pelle d'oca che le ondeggia lungo la schiena e prende un respiro profondo.

La protuberanza sul culo con la cintura ripiegata è veloce e dura, e spinge i fianchi in avanti per colpire il muro.

Sonya emette un piccolo grido e geme, trema, e lo faccio di nuovo, e i segni della croce rosa si alzano sulla pelle delicata e liscia, e respira ancora profondamente dal secondo colpo quando il terzo colpisce, spingendola di nuovo al muro. , i suoi fianchi e il suo ventre martellano contro la superficie liscia, e attirano un altro grido da lei, mentre tiene le sue mani sul muro, premendo.

Si alza in punta di piedi, e io le raggiungo e lotto per sbottonarmi i jeans, e li tiro giù abbastanza da liberare il mio cazzo, dolorosamente duro e scivoloso con i succhi che gocciolano dalla sua testa gonfia, e corro verso il suo culo. , e sento il calore, e le cuciture calde si alzano, e metto la mano attorno al fianco di Sonya, allontanandola leggermente dal muro e spingendola tra le mie scapole per appoggiarla.

Gli afferro di nuovo i capelli e gli sollevo la testa con forza, inarcando la schiena, i suoi piedi ancora uniti, il mio cazzo che gocciola letteralmente.

Riesco a sentire un'umidità fresca e scivolosa scorrere lungo il mio membro quando lo prendo in mano e muovo il pugno su e giù lungo il mio cazzo e sopra la testa gonfia, e lo metto nel mio stretto buco del culo di Sonya.

Mi sento incredibilmente stretto quando la spingo in avanti e l'apro con una testa spessa, ma mi fermo proprio lì, e so che questo la fa male per il suo respiro affannoso e tremante, e mi chino un po 'per portare la mia bocca al suo orecchio, tirando più forte dei tuoi capelli.

Sonya urla un po 'e io dico:

"Sonya, ascolta, ho la tua attenzione adesso?"

E Sonya annuisce, un po 'frenetica.

"Uh Huh!" Lei dice.

E gli dico:

"Sonya, ho la tua fottuta attenzione adesso?"

E questa volta non riesce a trovare una risposta, e una lacrima le scivola dalla coda dell'occhio, la lecco e le faccio scivolare lentamente il cazzo su per il culo.

Il mio cazzo è così duro e così scivoloso che posso sentire la sua lotta per sistemarsi, ma io scivolo completamente dentro di lei in quel delizioso primo colpo delirante.

Tengo la sua testa indietro, la tengo inarcata, e posso sentire le sue gambe tremare, sollevare i fianchi indietro e aspettare un momento, e poi di nuovo in avanti, in profondità, guidando, facendo sì che Sonya spinga le mani contro il muro. , e sento i suoi crampi nella pancia, e le afferro i fianchi per spingerla in avanti, per ottenere di più da lei, e lei geme di nuovo, e singhiozza un po ', e voglio parlarle, farla parlare con me, farmi chiedere L'ho scopata, che l'ha ferita, che l'ha spinta su per il culo, che mi ha detto che era mia, che era la mia piccola cagna e che il suo cazzo le fa male e che vuole venire, ma non posso parlare.

Sonya deve sforzarsi, le tiro la testa verso di me e la sua schiena è inarcata, ma so che non durerà a lungo, perché è troppo stretto e l'attrito è troppo forte, e sto cercando di ritardare il mio orgasmo per prenderla il più possibile, Ma poi non riesco più a pensare, e la sto solo scopando nel culo, lei, la mia ragazza, la mia troia sporca, scopando il suo culetto stretto e caldo e le faccio male, e non mi interessa più, non lo faccio che conta.

Sì, lo sono, e lei sta preparando le mani in modo che non la butti contro il muro, e riesco a dirle di guardarmi, la mia voce è spessa, i miei denti sono serrati, e ovviamente il piacere mi canta dentro, inizia a uscire un liquido denso.

Eccitazione eccessiva e calore impetuoso, mi fa riversare dentro di lei, il mio cazzo si gonfia e pulsa e pompa, e Sonya urla un po 'mentre spingo in avanti più forte, e allunga la mano tra le sue gambe, per tenere la base del mio cazzo.

So che può sentire i miei sussulti, i miei spasmi e come la sto riempiendo con il mio arrivo ...

Finalmente ho finito, e le tiro fuori il cazzo dal culo, la capovolgo, la spingo contro il muro, metto la mia bocca sulla sua e la bacio forte, i nostri denti schioccano e le infilo le dita nella figa.

Trovo il suo clitoride, ed è così bagnata e così aperta, più o meno di prima, e lei sussulta quando metto la punta delle dita sul suo clitoride, e la accarezzo in cerchio, veloce e ruvido, e questo è ancora molto eccitante per lei. me.

Sonya mette le sue mani sul mio viso, i suoi palmi caldi sulle mie guance, e tiene il mio viso a pochi centimetri dal suo, guardandomi negli occhi, e io la fisso in faccia mentre il suo orgasmo la squarcia, e lei tiene gli occhi aperti e sento il I suoi fianchi sussultano e la sua bocca si apre silenziosamente, e io continuo ad accarezzarle, torcermi e premere mentre lei viene e viene e viene, i suoi occhi nei miei come una preghiera.

FINE

www.ingramcontent.com/pod-product-compliance
Lightning Source LLC
LaVergne TN
LVHW091104150826
845673LV00002B/719

* 9 7 9 8 2 3 0 3 7 1 4 2 7 *